ELSA – *Et pendant ce temps …*
dans les nuages

Conte philosophique Tome 4

Lucette Terrenoire

Édition : BoD – Books on Demand, info@bod.fr

Impression : BoD – Books on Demand, In de Tarpen 42, Norderstedt (Allemagne)

Impression à la demande

ISBN : 978-2-3225-2468-6

Dépôt légal : juillet 2024

LIVRE JEUNESSE *: Loi n°49-956 du 16 juillet 1949*

Sur les publications destinées à la jeunesse, modifiée par

La Loi n°2011-525 du 17 mai 2011

ELSA – Et pendant ce temps, dans les nuages

Conte philosophique N° 4

Parutions

LA TRILOGIE - Elsa 2035 –

Les Amis d'Elsa Editions BoD – 2020

Rééditiosn – 2023

Retour sur le futur Editions BoD 2020

Réédtions 2023

Vichy Elsa 2035- La Trilogie Elsa 2035

Trois contes philosophiques.

ICI VICHY, le pays du dieu Borvo

–

La nature se révoltera

Editions BoD – 2022

Réédition   –   2023

Plaidoyer Edition Grand format.

PREFACE

Lucette Terrenoire souhaite, dans l'esprit de « plaire et instruire », provoquer une émotion et inciter peut-être le lecteur à aller chercher d'autres informations pour qu'il puisse se créer sa propre opinion sur les sujets abordés.

Les expressions des personnages sont spontanées et ne prétendent pas à une réelle perfection, le but étant de sensibiliser sur une trajectoire du futur parmi des centaines d'autres qu'elle aurait pu choisir

L'Avenir c'est saisir le mouvement de l'histoire, recueillir des souvenirs, des documents, des traces, regrouper des faisceaux convergents pour se projeter vers ce qui peut ou ne peut pas advenir.

Chacun a sa propre façon d'appréhender le monde, en fonction de la soupe dans laquelle il est tombé dans son enfance ; ainsi, chacun va articuler son passé avec le présent et le futur ... parfois nous sommes en retard sur. notre temps, parfois en avance, parfois dans notre temps.

Il s'agira à travers ces contes philosophiques, de découvrir les aventures de l'héroïne Elsa et de ses amis, de prendre de la hauteur, d'aller dans l'espace, ou dans l'Irlande du Nord, ou dans Vichy, ou encore dans les nuages, de laisser la place à l'imaginaire, parfois au rire, à l'émotion.

Rêver son avenir, c'est aller sur un chemin inconnu, rempli d'incertitudes, de laisser notre cerveau raconter des histoires, tout en intégrant des connaissances de qualité comme un moyen parmi d'autres de faire diminuer l'incomplétude de l'avenir, de passer à l'action et ce faisant de sortir peut-être des préjugés et des croyances.

Il s'agit de s'interroger sur comment apprivoiser le futur et ainsi rendre notre avenir désirable pour nous et pour les autres.

Cistude
d'Europe   Lugo Nov 2023

CHAPITRE I

- AU PAYS DES MUETS - AVEUGLES ET SOURDS –

Les années ont passé ; Louisette, Elsa et ses parents, comme tous les ans, se revoient pour discuter de leurs aventures.

Cette fois ils se retrouvent au café face à la gare Vichy. Cette gare, restaurée, présente un intérêt architectural mis en valeur par une grande place piétonne. Les tons orangés et rouges sont accueillants.

Elsa, petite, brune, aux cheveux ondulés est toujours souriante ; elle est souvent émerveillée par ce qui se passe autour d'elle ; elle garde en elle cet esprit curieux qui mène à la démarche scientifique. Elle étudie à l'Université de Paris – Saclay.

Les parents d'Elsa l'accompagnent dans son parcours universitaire.

Louisette avait depuis la CoVid-19 donné des cours individuels de mathématiques à Elsa. ; à présent il n'y a plus de cours, cependant ils apprécient de se retrouver.

Aujourd'hui, un peu avant l'arrivée du train, ils ont le temps pour discuter de cette rentrée scolaire.

« Oui, je me rappelle avoir lu « *Elsa 2035 - la Trilogie* » ; pourquoi avoir choisi mon prénom pour cette édition, demande Elsa ? Ce n'était pas le cas dans le livre suivant.

- C'est parce que tu es une héroïne, et que pour faire vivre une héroïne il lui faut un nom, un lieu, un récit, une aventure … une partie est réelle et une autre fictive ; c'est pour éduquer à la vie, à l'observation du monde.

- Merci beaucoup, j'ai retenu la leçon suivante : c'est dans le présent que je construis mon avenir, et je peux toujours l'améliorer. Cela ne dépend que de moi.

- Oui, c'est ce que nous avons à faire le mieux possible, en sachant que les hommes sont comme les hérons ; un combat fini, un autre démarre. Nous nous comportons comme les animaux, tout en prétendant être supérieurs à eux. C'est étrange.

- La Fontaine ne s'y est pas trompé, s'exclame Elsa ! Il a observé les comportements des animaux pour commenter ceux des hommes. Et en plus avec humour. Ces fables sont des merveilles.

Héron
Cendré
Luce
Nov 2023

- Oui, dit Louisette, d'ailleurs la Fable du chêne et du roseau est intéressante à ce sujet. Parfois ce n'est pas le plus vigoureux qui gagne, c'est celui qui plie au gré des vents.

- Celui qui est résilient en somme, disent ensemble les parents d'Elsa, tout en se regardant complices.

- Oui, sans doute, reprend Louisette songeuse, à condition d'anticiper correctement les risques. Or, le Président de la République n'a pas écouté au bon moment nos alertes sur les risques de manque d'eau. Au lieu de faire planter des futaies irrégulières, il a avec son ministère, d'abord favorisé la création de bassines inadaptées. Ainsi, les terres agricoles et forestières de hauteurs linéaires ont laissé les vents s'engouffrer dans des corridors immenses ; ces couloirs emportent l'humidité dans les hauteurs, par force centrifuge, au lieu de la faire s'insérer dans les sols. Ces éléments de non adaptation ont augmenté le dépérissement des arbres par assèchement des sols, les tornades, la chute de grêlons et les pluies diluviennes. Ils ont mis cela sur le compte du réchauffement climatique, puis ils ont amplifié les catastrophes dites « naturelles » en continuant de détruire des zones humides pour favoriser l'industrialisation.

- Heureusement, tu es tenace, comme la petite cistude d'Europe, dit Elsa fière de son enseignante.

Bête de
d'Europe   Luis Nov 2023

– j'ai la tête dure, comme sa carapace, réplique Louisette, amusée, et je fais aussi le culbuto, avec cette forme ergonomique du Gömbös, concept géométrique qui retombe toujours dans sa position initiale. Je finis toujours par repartir. »

Pensive Elsa sort de son grand sac noir, le livre de Louisette :

« Ici Vichy, le Pays du dieu Borvo – la nature se révoltera. »

Elle regarde le dessin des sources de Vichy puis se met à lire :

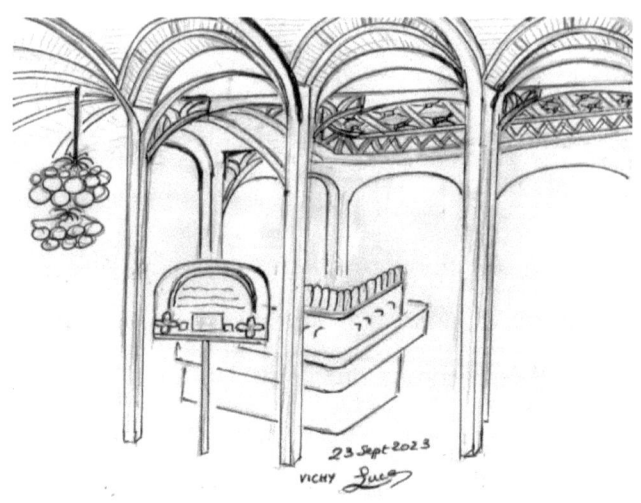

23 Sept 2023
VICHY

Témoignage, comprenant les courriers envoyés aux élus – nationaux, régionaux, locaux – pour les éduquer à la nature, pour leur faire comprendre que **les gouvernements n'agissent que sur les conséquences, pas sur les causes**. L'adaptation est un leurre, les insectes ne régulent pas leur température au-delà de 2 degrés, ils meurent.

Puis Elsa tournant la page reprend alors la lecture :

« Les élus pensent d'abord à l'économie, pas au dérèglement climatique : *« On ne veut pas emmerder les français, disent-ils.* »

Elsa s'arrête dans sa lecture.

Louisette sourit. Ses yeux sont rieurs derrière ses lunettes. Elle secoue la tête de droite à gauche, enchantée de voir Elsa lire son livre. Ses cheveux gris, mi-longs s'envolent légèrement sous le vent.

Elsa regarde l'heure. Il est temps de se quitter.

Le train en direction de Paris ne tarde pas à arriver.

Une fois à l'intérieur, Elsa se laisse aller à la rêverie en regardant le paysage défiler : Vichy et son complexe industriel, puis les prairies, la rivière Allier, les haies, les ripisylves, tout un monde qui abrite une vaste biodiversité. Ces espaces paisibles préservés l'apaisent.

Autour d'elle, aucun voyageur ne semble accaparé par le paysage. Ils sont aveugles, penchés sur leur téléphone portable, voire leur ordinateur ou parfois par les lunettes connectées pour visualiser leur film préféré.

Ils paraissent captés par la lumière de leur écran et semblent oublier d'échanger avec leurs voisins.

Cependant une personne interpelle Elsa entre deux correspondances ; cela fait plaisir de parler, enfin un être vivant. Elsa aime revenir sur son passé *(Retour sur le futur édition Bod)*, elle raconte à la personne ses courses poursuites après l'azuré du serpolet.

Puis Elsa, contente d'échanger, continue :

« Enfant, j'adorais ces terrains vagues où je pouvais gambader et découvrir violettes et pâquerettes, ainsi que des herbes de toutes formes.

- c'est un bon début d'observation, dit sa voisine.

L' Azuré Lucie
du Serpolet Nov 2023

- parfois je trouvais du plantin, des gaillets blancs ou jaunes, des jonquilles, du lichens sur les arbres … je revenais alors avec ces trésors, dans la maison de mes parents et je leur faisais partager mes découvertes terrestres. »

La femme semble intéressée par le discours d'Elsa qui poursuit sur ses jeux d'enfant.

« Je me souviens des cabanes proches de l'atelier « fourre-tout » de mes parents où dans mon enfance je menais des expériences de physique chimie ; d'ici, dans cet espace fermé, je regardais souvent les couleurs du ciel changer et les nuages de formes diverses se suivre et ne pas se ressembler.

Elsa précise alors :

« J'espère que mes observations vont me servir lors de mes cours à l'Université.

– vous êtes étudiante dans quel domaine, demande sa voisine de plus en plus intéressée ?

– j'étudie l'astrophysique et il me semble que les conflits se traduisent jusque dans les nuages, lorsque en raison des bâtiments détruits par la Russie en Ukraine, ainsi que par Israël sur Gaza, ces poussières portées par les vents et la pluie, sont retombées sur les sols de la France.

– oui, nous avons eu ce cas-là en 2023 et en 2024, provoquant un voile.

- je m'interroge sur ces phénomènes étranges qui modifient le climat et créent des catastrophes que le GIEC ne considère pas comme « naturelles ».

Elsa raconte aussi qu'elle avait vu les toitures des maisons sur Bellerive et aux alentours, percées de toutes parts par les grêlons tombés en juin 2022. Une catastrophe climatique parmi d'autres. Sa compagne de voyage, intéressée, lui laisse sa carte de visite : elle s'appelle Sandra ; elle est chercheuse en hydro climatologie, au centre de Bordeaux.

Le train vient d'arriver à la Gare de Bercy .

Finalement le trajet est passé très vite. A la descente du train, elles se disent au revoir avec cette possibilité d'échanger sur les études d'Elsa et aussi au sujet du climat.

Elsa se dirige vers le métro afin de se rendre dans sa chambre d'étudiante, chez l'habitant dans Paris.

Cette famille qui l'accueille, fait très attention à ce qu'elle ne manque de rien et l'invite parfois à dîner avec eux.

Elle a trouvé ce logement sur internet. Aujourd'hui ils sont absents.

Elsa, agile, grimpe les deux étages sans effort. Elle ouvre la porte et dépose sa valise.

Elle doit se préparer pour les examens à passer dans deux mois. Immédiatement elle s'assoit à sa table de travail.

Elle a beaucoup de cours en ce moment ; elle se concentre sur ses documents, les parcourt rapidement puis les classe et les empile dans un coin de son étagère juste à côté de sa table.

Aujourd'hui, elle ne sait pas pourquoi, les voisins du dessus sont bruyants.

Elsa perçoit des cliquetis sur le parquet. Une des voisines doit avoir mis des talons hauts, pense Elsa contrariée ; de plus elle n'arrête pas de faire des va et vient dans son appartement. Comme Elsa ne la connaît pas, elle n'ose pas aller lui dire que ce bruit la dérange et la déconcentre. Soudain, Elsa entend un autre voisin qui est aussi dans l'étage du dessus sortir sur le palier, taper à une porte et se mettre à crier :

« Allez-vous arrêter de faire votre sport en chaussures de ville ? Si vous voulez marcher, vous pouvez sortir de votre appartement et aller dans la rue ! »

La femme sort dans le couloir et lui répond :

« Je n'ai pas de chaussures de ville ! Je suis aveugle et je marche avec une canne. Je ne peux pas faire autrement. »

L'homme un peu peiné s'excuse ; puis avant de se rendre dans son logis, il lui demande poliment, si une fois habituée à son nouvel appartement, elle pourrait ne plus utiliser sa canne qui est désagréable à entendre pour les voisins.

« Oui, répond-elle, vous avez compris. Il me faut prendre mes repères puis ensuite cela ira tout seul. Ne vous inquiétez pas. Bonne journée.

– Bonne journée à vous, et n'hésitez pas si vous avez besoin d'aide à venir sonner chez moi. »

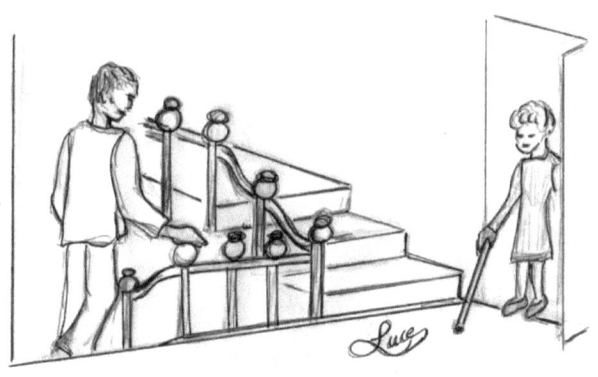

Tout semble redevenir calme, comme les autres jours.

Une heure plus tard, ce sont des personnes dans les étages, bien plus hauts, qui parlent sur leur palier. Une femme dit :

« Oui, je pars tout de suite. Si c'est possible, la journée, d'arrêter de faire tourner votre machine à laver, cela me permettrait d'être de bonne humeur. J'ai été réveillée par le bruit du tambour ; aujourd'hui je suis de garde cette nuit et je continue ensuite pour une journée. Je me suis levée en me disant que comme je ne parvenais plus à dormir, autant m'habiller. Seulement cela n'a pas résolu le problème. Ce serait la moindre des civilités de respecter les horaires des personnes qui travaillent de nuit. Je suis infirmière. »

Le couple interpellé est à priori surpris par la réplique de leur voisine. Ils lui promettent de faire attention et lui proposent qu'elle leur indique ses horaires de travail. Ils feront très attention à ne pas la déranger.

L'infirmière semble satisfaite de cet échange et rentre rassurée dans sa petite chambre de bonne.

L'après-midi après ces incidents, Elsa a pu réviser ses cours ; studieuse elle les revoit tous et organise consciencieusement ses révisions. Le soir, elle se remet à son bureau pour reprendre les parties de ses cours qui lui ont paru plus difficiles à comprendre et à retenir.

Cette fois, c'est le voisin du dessous qui met sa télévision à fond… il est âgé et un peu sourd… Pas de chance pour Elsa… demain elle va se lever tôt pour aller à l'Université… pourvu qu'il n'écoute pas la télévision jusqu'à 23 heures, voire plus. Elle sait. Ce voisin parfois ne dort pas de la nuit et pour se distraire, il regarde diverses émissions. Parfois cela ne la gêne pas. Aujourd'hui, cela la dérange vraiment.

Elle décide de se mettre à table pendant l'émission et ainsi elle écoutera les informations. Tant qu'à faire, autant profiter des inconvénients pour les transformer en opportunités.

Ainsi, elle écoute la météo, puis les faits divers qui se déroulent en France ou ailleurs. Une information attire son attention : le journaliste annonce l'amorce d'une guerre dans l'Indopacifique. Elsa avait suivi de loin les diverses guerres qui se déroulaient, depuis l'Afrique, puis l'Ukraine, puis Israël et maintenant l'Indopacifique avec la Corée du Nord qui se montre à nouveau très menaçante pour le Japon, ainsi que pour Taïwan. Cela inquiète la Chine qui est proche des deux îles.

Soudain, le voisin change d'émission et passe sur un documentaire concernant la Chine et les essais pour ensemencer les nuages.

Elsa, curieuse, ne peine pas à comprendre le sujet et comme le son monte, elle écoute attentivement le sujet abordé. Elle est captivée par l'émission et prend des notes. Elle se rappelle des photos qu'elle a prise des nuages et sa passion pour leur forme changeante en fonction des saisons. Elle a même toute une série de photos et de dessins qu'elle a réalisés lors d'évènements exceptionnels …

CHAPITRE II

– 2033 - DANS LES LIVRES –

Elsa est à présent en formation d'astrophysique et ses cours accaparent son temps ; elle est satisfaite d'avoir choisi cette voie. Elle s'y épanouit pleinement. D'ailleurs elle rencontre plein de personnes intéressantes.

Elle a fait la connaissance de Fred un étudiant un peu trapu, à l'âme scientifique, qui intervient toujours avec des nuances telles que « *peut-être* » ou non, impossible.

Il peut aussi dire *« je ne sais pas »* afin de continuer les questionnements et trouver peut-être des solutions ; Fred a des cheveux bruns un peu

en brosse, des yeux bleus avec des sourcils épais ;
il vient du midi de la France.

Elle a aussi rencontré Midori, une japonaise qui a
choisi de faire ses études en France après les
conflits des années 2027 … Midori est petite,
brune avec des cheveux longs sur le devant de son
visage et très courts dans le dos.

Midori ne se confie pas facilement ; ce jour-là Elsa, Fred et Midori se trouvent dans un restaurant japonais sur Paris.

Cela incite Midori à parler du Japon :

« Je suis venue en France lors des conflits féroces d'Israël avec Gaza et l'Iran, cette guerre larvée entre les Etats-Unis, l'Europe et la Russie. Par la suite, j'ai choisi de changer de lieux, mes amis ont trop souffert de cette guerre de haute intensité qui a engagé également le quadrilatère, Inde, Etats-Unis, Japon, Australie dans les eaux Indopacifiques surtout avec les interventions sporadiques de la Corée du Nord.

– En France aussi nous étions sous tension continue, dit Elsa. Le but était de faire modifier les progrès économiques de la Chine qui investissait dans tous les pays, soit dans des commerces, soit dans des infrastructures, soit dans l'agriculture en achetant des terrains, soit dans les ventes à prix très bas, puis ensuite par mimétisme, sur le spatial, la Recherche, ou sur des produits de niche de très haute gamme, tels que les cosmétiques, la restauration de luxe, ou les œuvres d'art.

– est-ce que les avancées économiques de la Chine détournant les progrès sociaux et environnementaux ont augmenté les tensions déjà fortes, demande Fred ?

– Oui, c'est cela. Dans ce contexte, alors étudiante en France, je me suis retrouvée très isolée. Ma famille était restée au Japon. A présent, ma vie prend un rythme normal.

– tu peux compter sur nous pour t'aider, si tu as besoin, ajoute Elsa.

– ça va, répond Midori, c'est mon karma.

– peut-être que malgré tout, dit Fred, nous pouvons te donner des conseils ?

– ça va, j'ai obtenu la nationalité française et je m'investis dans l'astronomie qui me passionne. »

Tous les trois se retrouvent souvent pour discuter pendant leurs heures de repos, autour d'un plat ou au cours d'une sortie cinéma, parfois un concert. C'est la première fois que Midori parle de son passé.

En dehors de ces loisirs, la plupart du temps ils sont dans les bibliothèques, ces bâtiments ancestraux, où ils peuvent retrouver les décors bois et le blanc des murs.

Les tables sont bien alignées avec chaque étudiant devant son ordinateur et ces nombreux livres qui demeurent - malgré les progrès – essentiels à leurs études.

En effet, les supports papier ont repris toute leur noblesse au cours des dernières années ; en raison des conflits violents impossible d'utiliser les réseaux ; parfois les vents solaires provoquent des coupures d'électricité avec l'absence de communications spatiales.

Les bibliothécaires se sont évertués à ressortir les livres des caves où ils étaient stockés. Ils et elles se rappelaient les temps passés à les numériser.

Au cours de ces guerres de haute intensité et des modifications du climat tout avait été bousculé.

Les livres cartonnés étaient remis à l'honneur et avaient repris du service en raison des coupures fréquentes de courant.

Chacun retrouvait le goût de tourner les pages, de trouver ce que l'on voulait, voire parfois, de découvrir au détour d'un paragraphe, des éléments auxquels on n'avait pas pensé au départ.

Ils avaient dû se retrouver face à eux-mêmes et aux autres, lors des coupures, sans ordinateur et sans portable. Leur créativité avait ressurgi dans ces confrontations au réel.

En fait, avec internet, il était impossible de faire ces découvertes subtiles. Aucun loisir à découvrir l'inconnu, le non prévu, celui qui permettait à l'esprit de créer, d'oublier le sujet premier pour laisser son âme vagabonder ailleurs …

Avec les données préinscrites, il s'agissait surtout de ne pas sortir du sujet. Il n'y avait que les mots clés pour trouver les pages concernées par les champs lexicaux choisis. De plus les algorithmes les redirigeaient vers les contenus sélectionnés. Les étudiants ne laissaient pas filer leur pensée dans le monde imaginaire, parallèle aux sciences ; ils cherchaient ce qui se trouvait sur leur tablette ou sur leur smartphone et qui pouvait leur permettre de répondre, telle une machine, aux divers QCM imposés.

Ces guerres avaient eu le mérite de faire comprendre qu'ils avaient perdu en liberté, en autonomie, et que tout avait été prémâché pour eux.

Quel changement de vie !

Elsa espère bien faire découvrir à ses parents et amis, les trésors de l'espace dès qu'elle les reverra.

Cependant, depuis son passage à Aérospatiale des Mureaux et ses stages en partie à l'Agence Spatiale Européenne - E.S.A., Elsa a signé les documents « secret défense.» Cela elle n'en parlera pas à ses parents.

Avec ses nouveaux amis Fred, Midori, Otneil et Charlie, qu'elle a connus lors de son passage aux Mureaux en 2027 (*Elsa 2035 La Trilogie – Retour sur le futur. Edition BoD)* elle mène une thèse pour comprendre d'où viennent les formes inhabituelles des nuages ainsi que ces changements brusques de température ou de couleurs du ciel. Eux aussi partagent avec elle le « secret défense ».

Aujourd'hui, Elsa se décide à faire des propositions à ses nouveaux amis, Fred et Midori, pour tenter de comprendre ces phénomènes :

« Des personnes font l'observation d'aurores boréales qui produisent un monde enchanté de couleurs ; cependant ces éruptions solaires ont endommagé des transformateurs électriques en raison des courants électromagnétiques ; de même ces teintes noires et bleues du ciel avec un soleil violent qui transperce les nuages, ont été suivies par des orages brutaux qui ont abîmé des lignes électriques.

– il y a aussi, dit Midori, un autre phénomène ; les nuages parfois ressemblent à des morceaux de coton positionnés en parallèle ou à de gros cumulus sous lesquels s'échappent des fibres laiteuses.

- Ces changements de lumière intriguent la population, confirme Fred ; il semble que l'on passe d'un temps de printemps à un temps d'automne en une seule journée. Bon avec le dérèglement climatique … c'est peut-être normal, se disent la plupart des personnes … que faire ?

Les nuages en haute altitude se déplacent peu vite (Puy)

– en attendant, poursuit Elsa, même s'ils se sentent parfois responsables de ces modifications, ils n'ont pas assez de compétences pour y remédier. Ils continuent leurs activités quotidiennes, advienne que pourra ! Nous pourrions mettre en place des zones d'observation afin de recueillir un maximum d'éléments et alors analyser ces situations étranges.

– pourquoi pas, dit Fred.

– oh, oui je suis partante réplique Midori. Nous commençons quand ?

 – il nous faudrait des modèles qui nous servent de point zéro de référence, dit Fred. Que proposes-tu ?

– j'ai réalisé des dessins entre 2020 et 2032 sur la forme des nuages, sur leurs couleurs changeantes et les modifications des climats. Une partie de ces phénomènes est due au dérèglement climatique, une autre au courant magnétique de la terre qui change environ tous les onze ans, une autre aux éruptions solaires qui ont lieu environ tous les 25 ans, et enfin, une autre inconnue, ne semble pas naturelle.

– ok, pour t'apporter mon soutien pour tous les calculs à réaliser, annonce Fred. Je suis, paraît-il, excellent en informatique et mathématiques.

– si cela te convient, dit Midori je peux faire une expertise duale, le climat au Japon à Okinawa et le climat en France à Paris et aussi une expérience d'analyse avec de nouveaux dosimètres et piézomètres, sous forme de petits robots, pour l'analyse des niveaux d'eau des sols.

– par informatique, dit Fred, j'aurai les analyses de Calypso et de Earth Care avec Yvan.

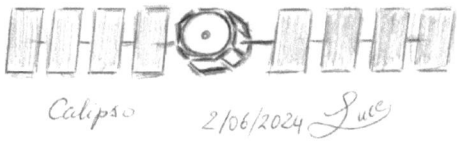

Calypso   2/06/2024 Luc

– superbe ! s'exclame Midori, c'est une coopération de l'U.E avec le Japon pour le suivi des particules fines qui ont une action sur le climat ; je peux, ajoute-t-elle, faire aussi participer à l'expérience mon faucon.

– comment ? Tu as un faucon, disent Elsa et Fred en même temps, surpris.

- en fait, je suis allée me former en Haute-Loire pour obtenir mon diplôme de Maître fauconnier dans les années 2022. Les oiseaux ont un comportement très particulier ; ils suivent les champs magnétiques pour se diriger. Alors, on ne sait jamais…

- pour ma part, intervient Elsa, j'ai une amie, ancienne professeur, Louisette, elle avait interrogé en 2023 les députés sur les connaissances que l'Etat avait ou pas des expériences faites par la Chine dans leur station spatiale ; elle avait aussi posé la question des expériences faites par la Chine sur les capacités à modifier le climat, c'est-à-dire, faire la pluie et le beau temps ; elle n'avait eu aucune réponse. Cela m'avait intriguée. J'ai aussi l'adresse d'une hydro climatologue, Sandra …

– et bien, nous allons rechercher et peut-être que nous pourrions obtenir des réponses, s'enthousiasme Midori !

– oui, peut-être reprend Fred, pensif … si nous trouvons.

– Elsa réfléchit et dit … effectivement la Chine dans son développement économique, sociétale, a eu l'ambition de régenter le monde avec les nouvelles routes de la soie.

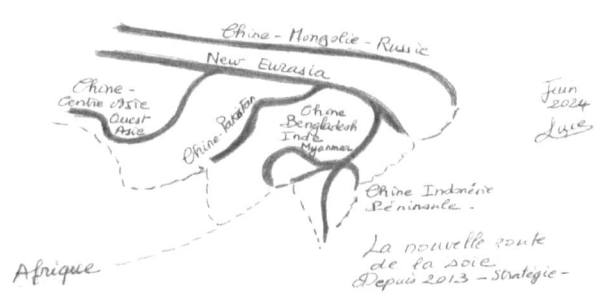

- et quoi de mieux que de maîtriser le temps ? affirme Midori. Faire pleuvoir, provoquer des orages, de la neige, du verglas, ou du soleil, aux endroits voulus et au moment voulu, c'est dominer. C'est avoir une arme suprême de vie et de mort sur les marchés internationaux, sans entrer en guerre visible.

– dans ce cas peut-être, dit Fred, si et seulement si, ce sont des essais que la Chine a poursuivis, alors, personne ne peut les soupçonner de ces expériences nouvelles.

– si vous vous rappelez, dit Elsa, il y a eu d'abord des expériences terrestres avec des replantations d'arbres et leur arrosage dans le désert de Gobi au cours des années 2000, je ne suis pas très sûre de la date.

– ils ont aussi provoqué de la neige artificielle pour les J.O. de Pékin en 2020, me semble-t-il, reprend Fred rêveur.

– puis, ajoute Elsa, dans la haute atmosphère avec des ballons stratosphériques, véritables laboratoires ayant survolé les Etats-Unis.

– ils ont pu ensuite continuer leur expérience grandeur nature à partir de leur propre station spatiale, propose Midori. Nous, les japonais nous n'aimons pas les chinois, ils sont sournois ; nous avons eu un passé très conflictuel avec eux pour cette raison.

– et, si c'est le cas, continue Elsa, personne n'a tenté ces expériences avant eux. Ils seraient pionniers en la matière.

– lorsqu'il y a eu les ballons chinois aux Etats-Unis, reprend Midori, cela a provoqué une inquiétude et un incident diplomatique ; cela a été interprété comme une ingérence ; ils avaient survolé une base de l'armée américaine.

Luce
2/06/2024

– certes, si personne n'était censé savoir qu'il s'agissait d'apprendre à faire pleuvoir ou à favoriser le soleil, dit Elsa, cela pouvait aussi être utilisé pour régler des conflits ou pour en créer d'autres selon les volontés des dirigeants du pays dominant.

– oui, comme je vous l'ai dit, nous les japonais nous pensons qu'ils agissent souvent ainsi, pour dominer, reprend Midori. Il s'agit, pour les chinois, de rester dans l'ombre, d'observer les adversaires et les partenaires. Rien ne doit alerter les autres Etats à ce sujet.

– par ailleurs, continue Fred, lors de la venue du Président Chinois avant les J.O de Paris en 2024, il y a eu des partenariats signés entre la France et la Chine, dont un sur la biodiversité et un sur le climat.

– et pendant ce temps-là, pour reprendre l'expression favorite de Louisette, dit Elsa, en souriant, ils ont eu le moyen de surveiller les positions des uns et des autres et de se toiser, un peu comme les sportifs avant les combats.

– en attendant, les catastrophes dites «naturelles» se sont amplifiées dans cette période, et cela a fini par coûter très cher à l'Etat et aux assureurs. C'est un bon moyen pour détruire un pays, souligne Midori.

– les frais engendrés par les feux de forêts, par les terres asséchées puis inondées, par les maisons qui se fissurent, les toits percés ... le sable qui a envahi les terres côtières, un vrai bouleversement ...convient Elsa.

– c'est peut-être pour cela que le Président de la République a dit : *qui aurait pu prévoir ?* Cela nous a semblé ridicule comme propos, continue Fred, en raison des alertes du GIEC. Peut-être que lui voyait cela sous un autre angle ?

– oui nous l'avons considéré comme « hors sol » dit Elsa, ce qui était quand même vrai, il n'a pas pris en compte l'influence que pouvait avoir l'absence de futaies irrégulières sur les vents et donc sur le climat.

– ils se sont réunis aujourd'hui, annonce Midori, dans les hémicycles de l'Assemblée Nationale et du Sénat ; ils sont fiers des lois d'accélération qu'ils ont votées entre 2022 et 2024.

– il s'agissait pour eux, dit Fred, d'anticiper, d'être souples et agiles ; c'était leurs maîtres mots à cette époque.

– en attendant, dit Elsa, le Président de la République a comme eux, poursuivi son mandat au-delà de 2027 ; en effet en raison des conflits de haute intensité, il est prévu dans la Constitution que lors de situations exceptionnelles il n'y ait pas d'élections d'organisées afin de ne pas déstabiliser davantage le pouvoir en place.

– le prolongement de son mandat, dit Midori, s'est fait de façon automatique, chacun cherchant une sortie rapide de ces conflits divers qui se déroulent principalement dans l'Indopacifique, puis dans la corne d'Afrique. La situation s'est enkystée.

– on se fixe une date pour en reparler et mettre en place les observations et les analyses, demande Fred pragmatique.

– oui, bien sûr confirment Elsa et Midori.

– cependant ce sera plutôt mi-janvier prochain. Avec les fêtes de fin d'année, je retourne dans ma famille, dit Elsa.

– d'accord nous fixons le week-end le plus proche du 10 janvier 2034, rectifie Fred.

– c'est d'accord pour moi, confirme Midori. – moi de même, approuve Elsa. »

CHAPITRE III

2034 - RETOUR SUR LE TEMPS DES GUERRES –

Pour ces fêtes de début d'année, c'est sur une invitation de Louisette qu'Elsa se rend avec ses parents au Golf de Bellerive sur Allier.

Louisette les attend sous les arbres dans la cour du restaurant.

Ils entrent dans la majestueuse salle du restaurant. Elsa s'interroge sur l'avenir et sur les actions à mener. Elle se rappelle les années 2024

« Pour quelle raison en sommes-nous arrivés là ? demande-t-elle à Louisette. Au moins, en 2015, le Président de la République mettait un peu d'humour dans son mandat. Il vendait des bateaux à la Russie et il ne les livrait jamais.

- Oui, répond Louisette, sans aucun doute, il avait cependant compris que des événements graves se préparaient.

– il me semble, dit la maman d'Elsa, que vers 2014, la finance occidentale informée des projets de création d'une nouvelle monnaie internationale autre que le dollar, voulait mettre en place une action à haut niveau. Ce serait en ce sens qu'elle a soutenu l'élection d'un nouveau Président de la République, sorti, à priori, de nulle part.

– ainsi, dit le papa d'Elsa, celui-ci une fois élu a, en premier, remercié le Chef d'Etat Major, général des armées en place, pour en affecter un autre à son service ; ensuite, il a annoncé vouloir une armée européenne. Sans doute était-il investi dans cette démarche par les oppositions de plus en plus prégnantes entre l'Occident et l'Orient.

- Et pendant ce temps, continue Louisette, les nouveaux et anciens députés, naïfs eux, entre 2018 et 2020 ont œuvré et réfléchi pour un meilleur avenir, envisageant une restauration de la nature ; seul, son ministre de l'écologie s'est senti trahi et a démissionné.

Puis, le nouveau ministère, en annonçant la Stratégie des Aires protégées pour que l'environnement soit plus protecteur de la santé des hommes, a annoncé la mission« flash » pour la création   d'un Parc National zone humide terrestre.

- Ah, je m'en souviens reprend Elsa, c'était juste après la CoVid-19.

- Exact, lui dit Louisette. En 2020, pour certains, ce virus est venu de Chine ou d'Afrique en raison sans doute des ventes d'espèces sauvages dans des marchés parfois parallèles ; pour d'autres, ce virus permettait de prouver l'efficience de l'Artemisia d'Afrique et non celle de l'Artemisia de Chine ; enfin selon d'autres avis, ce serait des expériences scientifiques qui auraient dérapé dans les laboratoires.

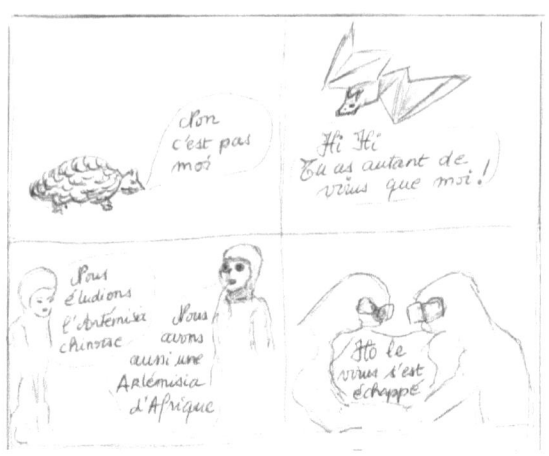

Peu importe, quels que soient les points de vue, ce virus pose question.

- D'ailleurs, ajoute le père d'Elsa, le Président de la République dans cette période avait claironné : *« Nous sommes en guerre, nous sommes en guerre, contre un virus. »* Nous ne devons jamais oublier qu'un Président de la République est tenu de dire la vérité tout en ne la disant pas explicitement.

- Déjà vers 1960, reprend Louisette, l'Amérique envisageait divers conflits. Les Etats-Unis avaient même autorisé le Japon à s'armer pour l'autodéfense ; était-ce une bonne initiative ? Je n'en sais rien.

- Oh, dit Elsa, en février 2022, la Russie a attaqué l'Ukraine et l'autodéfense n'a pas été suffisante pour les extraire de ce conflit.

- Il semble bien, en tous cas, que cette guerre en Ukraine a provoqué une destruction massive des zones humides notoires, commente la maman d'Elsa, et que les espaces agricoles sont pollués par les armes. C'est une catastrophe environnementale et humaine à grande échelle.

- En fait, la protection de l'environnement n'était pas leur sujet, explique Louisette ; il s'agit pour eux d'une guerre de pression pour faire plier l'autre, en n'achetant plus de gaz ni de pétrole ou de céréales afin de maintenir le système des banques et des assurances privées.

- ainsi que les produits chinois à bas coût, affirme le papa d'Elsa.

– or, cela n'a pas stoppé la progression économique de l'Orient, ajoute la maman d'Elsa ; l'Orient a développé des stratégies économiques et militaires de plus en plus sophistiquées.

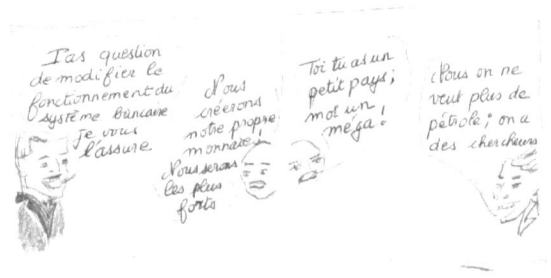

- Pourtant la France était connue pour ses négociations et son investissement dans la diplomatie pour la Paix, interroge Elsa ?

- Sans doute, confirme Louisette, seulement les négociations ont été aussi perçues comme du colonialisme en Afrique, lieu de conflits importants. Le Président de la République aurait pu décider de ne pas se représenter en 2022, or lorsqu'il se présente dans l'esprit du combattant, certains ministres quittent leur poste et les nouveaux ministres se mirent au diapason. Cependant, dès sa réélection en 2022, il a fait voter une économie de guerre de 413 milliards d'euros.

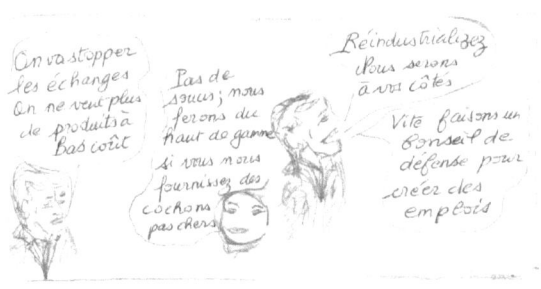

En parallèle, il a organisé un conseil de défense restreint. Ses visites en Russie, puis en Chine l'ont, sans doute, convaincu de la nécessité d'augmenter le budget des armées. Son langage était devenu de plus en plus guerrier en faisant allusion au « retour du tragique » dans ses discours officiels. Fin 2023, ho, surprise ! Les budgets verts furent en partie dirigés vers l'amélioration des forces armées : modernisation du parc auto et des bâtis, création de robots et de drones avec des composants électriques, révision du spatial pour contrôler les réseaux internet, récupération des friches laissées à l'abandon en raison de leur pollution, afin d'y promouvoir de nouvelles technologies et relancer l'industrie de guerre, de dissoudre le parlement pour agir par décrets.

- Pour augmenter l'indépendance de la France, poursuit le papa d'Elsa, la décision fut prise de rouvrir les puits de pétrole de Gardanne, et d'exploiter les mines comme par exemple celle d'Echassières pour le lithium dans l'Allier, projet à durée courte, peut-être en partie abandonné au profit des batteries au graphène ou au sodium.

- Ah oui, et de la géothermie ! Comme l'avait dit une assistante parlementaire avec humour, « Inventer l'eau chaude pour faire de l'eau froide » souligne Louisette.

- En fait, continue le papa d'Elsa, au départ, profitant de la position de certains partis en faveur du nucléaire ils ont semblé opter pour redéployer cette énergie ; cela leur a permis de porter leur projet de renouvellement de la dissuasion nucléaire et de faire fusionner la surveillance et la sécurité en un bloc sous contrôle des armées, tout en développant des centrales nucléaires ainsi que des énergies renouvelables pour assurer un maximum d'indépendance stratégique.

- En somme ne plus commercer avec ceux qui pouvaient représenter une menace, dit la maman d'Elsa. Or aujourd'hui, les risques sont encore plus proches de nous ; ils semblent envisager qu'après une guerre en Indopacifique, entre le Quadrilatère, Inde, Etats-Unis, Japon et Australie, face au développement de la Chine, un autre front peut s'ouvrir et que cela peut s'étendre aussi bien en Afrique, qu'en Iran, qu'en Alaska ou en Suède, voire en Pologne.

- C'est la stratégie russe, dit Louisette ; écraser l'autre dans un étau.

- En France, dit le papa d'Elsa, ils ont négligé les moyens de protection du pays, ils n'ont pas compris que le nucléaire civil ou militaire pouvait être une arme qui se retourne contre eux et que la Russie pouvait l'utiliser contre la France.

- ils ont aussi, dit Elsa, étudié les forces civiles en place et ils ont proposé d'avoir plusieurs formations sur les secours aux civils et sur la prévention incendie. Enfin, la décision a été prise de mettre au pas les jeunes délinquants pour les diriger vers l'armée.

- Pour le gouvernement français, dit Louisette, il leur importait de « *ne pas mettre tous leurs œufs dans le même panier.* » expression favorite d'une secrétaire ministérielle.

 – oui, continue Elsa, ils ont mobilisé les citoyens, en cas de guerre, ils parlaient d'une meilleure résilience des populations ; avoir des produits frais accessibles en un quart d'heure pour s'alimenter.

- en fait, dit Louisette, le Président de la République a utilisé la stratégie de Bonaparte, sans rien comprendre aux écosystèmes de l'eau !

– c'est quoi cette stratégie, demande Elsa ?

- C'est ma sœur qui me l'a apprise, dit Louisette ; celui qui fait un pas de côté, évite le danger et s'en sort indemne ; s'il saute dans une flaque d'eau, avant les autres, il est sûr de les asperger et de ne pas être mouillé.

Le Président de la République a parlé de l'économie européenne, et sauf d'être sourd et aveugle, il était impossible de ne pas se rendre compte que l'année 2024 se terminerait par une réorganisation de la fabrication des armes, des armées européennes et de la sécurité civile.

- Comment ont-ils procédé, questionne Elsa ?

- Ils ont raclé à droite à gauche, explique le papa d'Elsa, dans les pays arabes les armes qui avaient été fabriquées en France, pas encore utilisées, par exemple celles de la Manurhin sur Vichy … tu sais, la fameuse friche que nous avons souhaité voir dépolluée. Une grande partie de ces armes ont juste été stockées.

- Comment font-ils, s'étonne Elsa ?

- D'abord par la vente à l'Ukraine des plus anciennes armes disponibles, afin d'en fabriquer d'autres à partir de nouvelles technologies : ce sont des contrats passés pour déployer des armées au sol avec toutes les armes possibles, puis ensuite dans les mers et progressivement dans les airs ; les plus anciennes leur permettent d'assurer une rentrée financière et de payer des recherches sur des technologies dites de « pointe ».

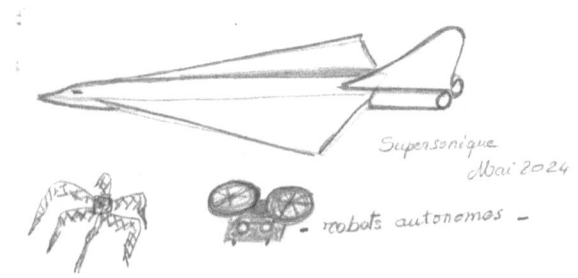

Supersonique
Mai 2024

- robots autonomes -

- En effet, quel commerce, dit Elsa surprise.

- Ils ont négocié avec plusieurs pays pour tester ceux qui pouvaient les soutenir en cas de conflits ouverts avec la Russie, voire avec la Chine. - j'avais noté, dit Louisette, dans un de mes livres que cela se terminerait autour de 2027 ; ils ont organisé les budgets de l'armée en ce sens, ainsi que le recrutement des soldats en Nouvelle Calédonie dès 2023. J'avais écrit la montée des risques de guerres entre la Russie, l'Europe, la Chine et le Japon, dans mon livre *«Elsa 35 LA TRILOGIE, les amis d'Elsa 2035, édition Bod.»*. La Chine et la Russie, pour des raisons historiques, redoutent le Japon ; c'est donc le seul pays qui pouvait trouver les bonnes résolutions à ces conflits larvés. Dans ce cas, j'ai écrit que chacun se regarderait balayer devant sa porte et commencerait à reconstruire les bâtiments détruits, soit par les guerres, soit par les catastrophes climatiques.

– en attendant, renchérit le papa d'Elsa, dans cette période, tout en essayant de réparer les conséquences sur l'environnement, ils ont parfois accentué les problèmes, par exemple avec l'artificialisation des sols pour industrialiser et densifier l'urbanisme.

- et aussi par les décisions tardives sur la restauration des zones humides, ajoute Louisette.

Au dernier moment lorsque j'ai entendu l'histoire revenir des guerres, j'ai lancé des messages auprès du nouveau 1er Ministre, j'ai repris mes envois auprès du Ministre de l'agriculture et enfin auprès du Président de la République. Il nous fallait être écoutés. En fait, en 2023, nous avions ralenti le nombre de conférences ; j'aurais préféré qu'il y en ait plus, comme au début, environ six à sept par an. C'est pour cela que j'ai choisi d'écrire. Je voulais inscrire noir sur blanc, les conséquences des guerres sur les changement de temps, de ces conflits qu'ils font sans nous consulter.

- Pourquoi, sans vous, demande Elsa intriguée ?

- C'est ainsi, répond Louisette, ils préfèrent parler d'abord entre eux de leurs affaires. Pour des projets importants, ils peuvent faire un simulacre de débat public ; au début ceux qui sont contre se manifestent. Ils les écoutent sans répondre, juste pour dire qu'ils prennent en compte les remarques et vont améliorer leur projet. Ensuite, ils proposent le « Fish bowl », c'est-à-dire, le « poisson dans le bocal » pour mieux observer les controverses au projet. Ils enlèvent la crème qui est sur le lait, en quelque sorte. Puis au final, ils ne donnent plus la parole aux opposants, puisqu'ils ont déjà parlé ; seuls ceux qui ne sont jamais intervenus peuvent parler. Cela donne l'impression, lors des derniers débats, que tous sont pour le projet. »

Louisette se lève, soulève son sac et le pose sur son avant-bras gauche.

Elle doit les quitter, heureuse de les avoir revus et d'avoir partagé de bons moments avec eux.

Elsa propose à Louisette de la raccompagner. Aujourd'hui, elle a mis sa robe à carreaux roses et gris de Vichy. Sa robe virevolte autour d'elle.

Elsa a une démarche souple qui contraste avec la lenteur de Louisette qui se dirige à petits pas lents, vers sa nouvelle voiture.

Elsa n'a pas beaucoup de temps. Une fois de retour à leur maison elle devra préparer sa valise pour son départ sur Paris, puis saluer ses parents et se rendre en bus à la gare de Vichy.

Cependant ce moment de partage avec Louisette est un vrai plaisir pour toutes les deux.

Louisette se retourne en disant :

« J'ai échangé mon cheval contre un chameau ! Avec un plein je roule très longtemps. Au revoir !

– Au revoir, tu m'en diras un peu plus, sur ce que tu penses du changement du climat en raison des guerres, demande Elsa ?

– oui, pas de soucis, répond Louisette, à bientôt pour de nouvelles aventures ! »

CHAPITRE IV

– 2034 - DANS LES NUAGES –

Cette fois Elsa et ses amis se retrouvent pour relire les documents qu'ils ont préparés ; ils ont prévu de réaliser une étude sur la forme des nuages.

Elsa commence la première :

« Les nuages bas qui évoluent à 1 ou 3 km d'altitude donnent des gouttes d'eau inoffensives.

– à moyenne altitude entre 5 et 6 km ce sont des altocumulus et des altostratus, dit Fred.

– à haute atmosphère 15 km d'altitude ce sont les cirrus ils sont composés de cristaux de glace, continue Midori. En haute altitude, il fait très froid jusqu'à moins 50 degrés. Ce n'est pas moi qui irait dans ces altitudes-là, dit-elle avec un frisson et

une petite moue caractéristique d'un rejet. Ce sont

eux qui donnent les grêlons.

– j'ai des dessins de ces différents nuages, dit Elsa, vous voulez les voir ?

– bien sûr, dirent Midori et Fred. »

Elsa leur montre divers dessins de nuages qu'elle a réalisés

Elsa explique en même temps qu'elle sort ses planches :

« Les nuages les plus transparents, les plus fibreux et laiteux initient le processus de précipitation ; pour faire la pluie il faut de très grosses gouttes.

– et pour cela, ajoute Fred, il faut nourrir les gouttelettes de pluie avec un aérosol qui puisse se dissoudre dans l'eau, par exemple du pollen ou du sable ou bien des sulfates contenus dans l'atmosphère sous forme solide. Ils vont se dissoudre dans les nuages et les font grossir.

– c'est ce qui aurait perdu Bonaparte, en juin 1815, de la boue et de la pluie ! s'exclame Elsa. L'éruption d'un volcan en Indonésie a produit des aérosols que l'on suppose responsables des pluies sur Waterloo !

– avec les volcans, dit Midori, cela augmente les nuages et en fonction des vents, des pluies torrentielles ailleurs en raison du Jet Stream.

– Charles M. Hatfield, dit Fred, en 1915 a été appelé « le faiseur de pluie » ; il a brûlé des substances chimiques pour faire se condenser l'humidité contenue dans les nuages et ainsi faire tomber la pluie.

– cela me rappelle, dit Elsa, que j'ai dessiné des traînées d'avion ; ils forment des nuages fins avec des suies lors de la combustion. Cela peut favoriser des pluies superficielles.

Traînées d'avions
Clermont-Ferrand   17/04/2024   Luc

– en 1947 je n'en suis pas sûr, dit Fred, l'armée américaine semble avoir entrepris avec la société générale électrique un projet pour introduire de la neige carbonique dans un nuage ce qui a enclenché une énorme tempête de neige.

– l'idée a été remise à l'ordre du jour, annonce Midori, vers 2008, avec l'iodure d'argent projeté par des avions pour avoir plus de neige.

– il me semble, dit Elsa, que les essais avec le dioxyde de soufre, ont provoqué des pluies acides dans l'atmosphère et fait périr les arbres.

– imagine, dit Midori, que la Chine ensemence un nuage avant son arrivée sur l'Inde ; ils retiendraient ainsi l'eau avant qu'elle n'atteigne son voisin …

- Les Etats-Unis ne font pas mieux, reprend Fred, ils ont tenté d'utiliser l'ensemencement au moment de la guerre du Vietnam pour inonder les lignes de ravitaillement du Viet Kong. Chaque fois qu'il y a un ensemencement la couleur du ciel change, elle passe du bleue au blanc.

– et inversement, en Chine, ils ont lancé des roquettes dans les nuages au-dessus de Pékin pour les jeux olympiques pour obtenir un ciel bleu. Cela semble avoir fonctionné. En fait, dit Midori, il y a une cinquantaine d'Etats qui pratiquent l'ensemencement actif des nuages.

– c'est peut-être pour cela, dit Elsa, que notre Président de la République, lors de la venue du Président Chinois, lui a demandé de faire tout ce qu'il pouvait pour que cela se passe bien ! On aurait dit une prière au dieu du ciel !

– dit donc, s'exclame Fred, un peu plus de nuances. Tu deviens comme Midori ! Cela s'appelle une théorie du complot !

– bien sûr que non, dit Elsa. Cependant le GIEC a démontré que le changement climatique provient de nos erreurs ; même si ce n'est pas un acte volontaire qui a provoqué les modifications du climat, nous en sommes en partie responsables.

D'abord, il y a 40% de la terre qui concerne des régions arides et 90% des pluies tombent dans les mers.

– pour guider les nuages, explique Midori, le soleil frappe la terre à un endroit précis et les masses d'air circulent du pôle vers l'équateur en raison de la rotation de la terre, elles sont déviées vers l'Est, souvent de l'Atlantique vers l'Europe Centrale ; c'est pourquoi ils ont un climat plus humide.

– seulement il semble, dit Fred, que pour pouvoir les diriger il faudrait modifier la direction et la vitesse des vents et ensuite, c'est la température qui détermine la forme des nuages.

– merveilleux, dit Elsa ! Cela rejoint ce que Louisette expliquait. En replantant des futaies irrégulières cela aurait modifié la force centrifuge des vents et créé une force centripète qui aurait permis à l'humidité contenue dans l'atmosphère de redescendre dans les sols.

– cependant à un moment, dit Fred, la vapeur d'eau qui reste, va dans l'atmosphère et se condense pour former un liquide.

– Bjorn Stevens, explique Elsa, dit que chaque molécule d'eau a son moment de gloire, elle peut faire ce qu'elle veut là-haut. Elle peut se réchauffer, se refroidir, stagner ou être mobile. En fait, les molécules interagissent de façon variable avec la terre et le climat.

– si les dépressions se déplacent de l'Europe Centrale vers la France, continue Fred, elles peuvent y déverser d'énorme quantité de pluies.

- L'autre extrême, propose Midori, serait que l'on se retrouve sous une boucle et que les courants viennent du Nord. Aucun nuage n'atteindrait notre pays.

– les nuages, dit Fred, réchauffent la terre de 7 degrés et la refroidissent de 12°. Ainsi quand les navires émettent des oxydes de soufre, des oxydes sulfatés se forment dans les nuages et provoquent un effet rafraîchissant au-dessus de la mer, mais aussi des émissions de CO_2.

– c'est comme au Japon, confirme Midori, lorsqu'il y a des éruptions volcaniques qui produisent des particules de soufre ; cela induit un refroidissement.

– de même d'après Sandra, qui est hydro climatologue, les poussières soufrées des conflits armés se sont peut-être condensées et ont alors pu former un voile gris blanc en 2023 et 2024 sur la France, bien loin du lieu des combats.

– en attendant, reprend Fred, si on peut faire tomber la pluie en ajoutant très peu de particules ou beaucoup pour avoir un ciel bleu, il ne semble pas, à priori, que l'on puisse attirer les nuages aussi facilement.

– sauf à partir de l'espace, dit Midori. Dans les navettes spatiales on peut observer le globe pour comprendre ces phénomènes et ensuite faire des expériences sur terre pour faire venir les nuages là où l'on veut.

- d'accord, dit Fred, on va vérifier la théorie de Midori sur les chinois et leurs études dans leur navette spatiale, soit c'est Non : impossible, soit c'est Oui peut-être. Vous ne devez pas oublier les nuances, si vous voulez être précises !

– mais comment, demande Elsa ? Ils ne donnent pas les résultats de leurs expériences et il n'y a qu'eux qui vont dans leur navette.

– il me semble bien que non, pas à présent, dit Fred. Des spationautes français ont été admis dans leur navette depuis 2025.

– ça alors, dit Midori. Nous devons rentrer en contact avec eux.

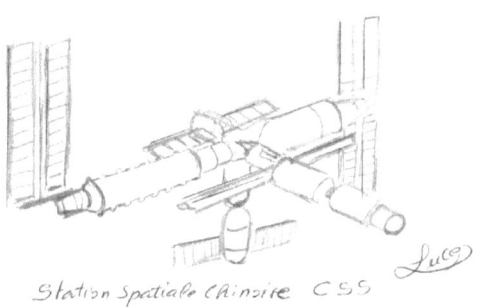

Station Spatiale Chinoise CSS

– d'accord, dit Fred, je vais contacter Yvan à Houston.»

Fred passe immédiatement à l'action.

Elsa et Midori décident d'aller chercher dans les archives les informations concernant les recherches faites par la station spatiale chinoise CSS, lancée en 2021. En effet la première station spatiale chinoise, Tiangong, a été désorbitée en 2019 ; la première station européenne étant Mir et la deuxième l'ISS, station spatiale internationale. Il y a deux stations dans l'espace CSS et ISS.

« Merveilleux, dit Elsa ! Les satellites ont permis d'observer les catastrophes naturelles et d'y répondre de façon anticipée, par exemple pour le Sénégal avec le satellite LION SEN. »

Elsa commente l'article qui lui paraît intéressant :

« Depuis juillet 2024, grâce à ce satellite, ils aspirent les données sur la Gestion et la

Planification des Ressources en eau au Sénégal. Ils sont aussi reliés à l'Office des Lacs et des rivières, ainsi qu'à la météo. Sans cette exploration spatiale, nous ne comprendrions certainement pas de la même façon le réchauffement climatique, le dérèglement du climat, le fonctionnement des rivières. »

Elles découvrent alors que les stations spatiales ont eu un rôle primordial sur la compréhension du climat, de l'environnement et du fonctionnement des océans.

« Je viens de trouver un article, dit Midori. Il explique que tout comme l'ISS, ils utilisent un vaisseau, le Shenzhou, pour voyager jusqu'à la station CSS. La station possède des modules de laboratoires pour réaliser des expériences ; elle en possède deux : Wentian, et Mengtian. Il y a 16 pays qui réalisent des expériences à bord de la station. Cela représente 9 expériences majeures dans 5 domaines différents : l'astronomie, la physique des fluides, la biologie, l'étude de la Terre et l'ingénierie spatiale.

– c'est très intéressant surtout l'étude de la Terre et l'ingénierie spatiale, s'enthousiasme Elsa.

– oui, d'autant plus, continue Midori, que ces expériences ont été sélectionnées par la Chine en accord avec les Nations Unis, avec une étude sur les cristaux et les matériaux.

– je viens de trouver un autre article, dit Elsa. Une expérience nommée Polar-2 a été menée par la Suisse, la Pologne, l'Allemagne et la Chine. – c'est peut-être un livre policier qu'ils ont réalisé, dit Midori amusée ?

– Ce serait sympa si tu le trouves, dit Elsa en souriant. Puis reprenant son sérieux, elle explique. L'objectif était de mesurer la polarisation des rayons gamma, les ondes électromagnétiques, pour mieux comprendre l'origine de ces mystérieux sursauts gamma qui surgissent dans le cosmos. Ils ont aussi réalisé avec l'Inde et la Russie, l'expérience Sing, un spectromètre ultraviolet pour comprendre les conditions physiques où se forment les nouvelles étoiles.

– et moi, je viens de trouver que la Chine et le Japon, ont fait l'expérience Fiavaw, s'exclame Midori ! Tu te rends compte, les chinois et les japonais ont coopéré ensemble pour cette recherche ! Il s'agit d'évaluer les risques des flammes au niveau des engins spatiaux et aussi le comportement des flammes sur la Terre. Ceci dans le but de réduire la pollution de l'air en appliquant une combustion à plus basse température des moteurs thermiques.

– le Mexique a une plateforme d'observation infrarouge pour étudier la Terre ! Eh, regarde, dit Elsa à Midori, c'est incroyable, le nombre de pays qui coopèrent ; la Suisse, la Pologne, l'Allemagne, l'Inde, la Russie, l'Italie, la France, la Belgique, le Kenya, le Japon, la Norvège, les Pays-Bas, le Pérou, l'Espagne, le Mexique et l'Arabie Saoudite ! »

Fred entre dans la salle :

« Hello, les filles ; ça y est, j'ai trouvé des éléments de réponse ! »

Elsa et Midori se tiennent prêtes à écouter Fred.

« D'après Yvan, les méthodes de géo-ingénierie ont beaucoup évolué entre 1900 et 2026 et beaucoup de pays ont cherché à l'utiliser comme arme de guerre et aussi parce qu'ils voulaient conserver leur sécurité alimentaire. De cette façon, ils pouvaient occulter les dangers des agricultures industrielles. Pour eux, la technologie allait tout résoudre.

– donc, c'est bien cela, ajoute Midori, faire la pluie et le beau temps pour dominer ; être maître du monde !

– incroyable, dit Elsa, quand sauront-ils se tenir tranquilles ? On voit cela demain après avoir dormi, nous aurons l'esprit plus clair ! »

C'est la fin de la journée ; ils vont aller manger au restaurant universitaire.

Elsa est prise par ses souvenirs d'enfance et ne peut s'empêcher de leur raconter les aurores boréales qu'elle a vu depuis chez ses parents sur Vichy en août 2019 ou 2020 … elle ne sait plus très bien la date.

« Nous étions en pleine nuit noire. Brusquement le ciel s'est éclairci ; dans ce clair-obscur, j'ai aperçu des lumières vert-clair qui dansaient poussées par les vents. Les nuages se bousculaient et les lumières changeaient, du gris-vert au noir foncé, puis tout devenait blanc cassé par les éclairs jaunes qui ont traversé le ciel. Avec mes parents, fascinés, nous avons regardé longtemps les formes étranges qui se dessinaient. Nous savions : c'étaient des aurores boréales. Heureusement l'orage était loin de l'endroit où nous nous trouvions. Nous étions dehors, sur la terrasse et c'était un vrai spectacle merveilleux. Cependant j'ai alors pensé à ceux qui étaient dans la station spatiale. Pourvu qu'ils se protègent correctement de l'énergie solaire qui peut détruire toutes les communications. »

Elsa arrête de parler, ses amis l'ont écoutée avec attention.

CHAPITRE V

2036 – LA MISSION SECRETE –

Deux années ont passé … Elsa a terminé ses études avec brio ; elle revoit souvent ses amis Fred et Midori. Otneil et Charlie, qui eux sont aux Etats-Unis viennent quelquefois en France les retrouver pour mener des missions « secret défense ».

Aujourd'hui ils se retrouvent tous à Toulouse. Ils ont reçu un appel et ont pour mission de comprendre les modifications anormales du climat, dont les sécheresses excessives suivies d'inondations avec la perte des vignobles ; la question est de savoir si il y a eu des ingérences éventuelles de pays tiers.

« Vous vous rappelez il y a deux ans, la préparation de notre thèse en 180 secondes ? Nous avons passé de bons moments sur la formation des nuages pour que la présentation soit impeccable, dit Elsa.

– tu veux que nous la reprenions pour notre mission, demande Fred ?

– c'est une bonne idée, dit Midori.

– Comment ça, s'amuse Otneil ? Vous croyez que nous sommes là pour avoir la tête dans les nuages ?

– j'ai lu votre thèse ; elle est très intéressante. Nous pourrions compléter vos travaux, qu'en pensez-vous, demande Charlie, leur chef de mission ?

Charlie
Lucy

– je vous propose plutôt, dit Elsa, de partir des travaux de Sofia Kabbej à IRIS. Elle a brossé un tableau très instructif des méthodes sur l'ensemencement des nuages et des pays qui l'ont mis en action.

– ha ! cette fois tu vas nous faire monter dans les avions pour tester les produits chimiques, demande Otneil ?

– non, désolée, dit Elsa, Sofia Kabbej donne une cartographie des pratiques des injections dans la stratosphère qui favorisent le blanchiment des nuages marins.

– oh, attends, je vais pouvoir blanchir moi aussi, dit Otneil avec un grand sourire, surtout si je reçois la flotte qui tombe de ces nuages !

– non, c'est uniquement pour faire du blanchiment d'argent à partir de l'iodure, plaisante Elsa.

– oui, peut-être dit Fred, nous sommes plutôt sûr d'avoir le blanchiment des arbres qui meurent par l'acidification des pluies.

– hé, stop, vous trois, dit Charlie ; il nous faut décider des actions que nous allons mener et comment. Qui a une idée ?

– Les Etats-Unis, dit Otneil avec sérieux, ont injecté des aérosols dans la stratosphère dès 1990 sous surveillance de l'armée américaine ; des essais ont été réalisés avec des sulfates, de l'alumine, de la poudre de calcium, et parfois de diamant entre 15 à 50 km au-dessus du niveau de la mer par ballons stratosphériques. Par ailleurs, toujours avec les Etats-Unis, il y a eu le projet SABRE avec plusieurs tests sur l'Arctique et l'Alaska en 2023 puis les Tropiques et Costa Rica en 2024 puis l'hémisphère Sud en 2025.

– ho, dit Midori, on retrouve le système chinois avec les ballons au-dessus des bases militaires américaines. Ils aiment bien copier ce que font les autres !

2/06/2024

– doucement Midori, dit Fred, pas de préjugés sur les chinois.

– en fait, dit Charlie, les Etats-Unis ont voulu dans le projet SCOPEX d'Harvard, faire à échelle réelle, un essai en Suède.

– exact, dit Elsa, je me rappelle, l'expérience a mobilisé beaucoup d'opposants de la part des Suédois et ils l'ont annulée.

– autant dire, que ces essais sont nombreux, dit Midori surprise !

– et le meilleur, continue Otneil, c'est le projet de SATAN par le Royaume-Unis qui a été testé entre 2021 et 2022.

– il y a eu une délégation d'opposants, dit Elsa, en Norvège pour le projet Artic Ice Projet qui visait à ralentir la fonte des neiges, expérience programmée sur dix années. Les risques sur les écosystèmes locaux et aussi sur la santé étaient trop grands.

– reste, dit Midori, la star-up américaine Make Sunset qui a proposé au Mexique, des crédits de refroidissements avec des ballons qui diffusent des aérosols. Là par-contre il y a eu un moratoire en 2022.

– je sais que, dit Charlie, la DARPA a prévu un déploiement d'avions dès 2033 jusqu'en 2047 à partir de quatre bases pour le blanchiment des nuages marins. L'Australie a fait une expérience en 2020 par ventilateur à partir d'un bateau, pour tenter de sauver la barrière de corail. Cela a semblé efficace.

– et peut-être, dit Fred, que c'est le secteur de l'assurance qui finance plus de 50% ces projets, en raison des impacts sur l'immobilier.

– eh bien, dit Elsa, nous risquons d'avoir un voile gris au-dessus de la tête pendant un moment avec ces faiseurs de pluie et de beau temps !

– oui, ils oublient de prendre en compte les inconvénients sur la santé humaine, dit Midori.

– voire, même, dit Fred, d'oublier que cela peut provoquer, parfois, la destruction de l'ozone qui est notre principale protection solaire ! Quels apprentis sorciers !

– moi, dit Otneil, je suis favorable aux sorciers et aux musiques envoûtantes qui font marcher le monde ! Eux savaient faire tomber la pluie et s'amuser ! Si cela peut vous rassurer, ajoute-t-il, le Bengladesh, l'Indonésie, l'Arabie Saoudite font aussi des recherches en géo-ingénierie ....

– il y a aussi, dit Midori, l'expérience ATMOS pour avoir pense-t-on une action localisée, et facile à faire ...

– bon, dit Elsa, ils font des conneries ; puis ils nous demandent d'enquêter pour savoir qui a fait la plus grosse bêtise et pourquoi le midi de la

France est dans cet état désertique et perd toute son agriculture.

– ils ont même, dit gravement Charlie, envisagé l'hiver nucléaire pour refroidir le climat. Ils se rencontrent dans des cocktails, comme par exemple au Moulin Rouge, pour décider de notre avenir. Un peu comme au temps de Michou et des soirées bleues.

– c'est peut-être pour cela, dit Fred, que les ailes du Moulin Rouge sont tombées en 2024 ?

– ils ne ratent aucune idiotie, dit Midori. Nous avons une mission impossible à mener ! Laissons tomber.

– pas question, dit Elsa. Nous avons accès à présent à la station spatiale chinoise. On pourrait penser que la Chine n'a pas intérêt à déployer ces nouvelles technologies qui ne sont pas sûres de fonctionner. La Chine préfère exploiter les acquis des uns et des autres.

– d'ailleurs, dit Fred, leur pays a subi des extrêmes climatiques qui ont diminué leur potentiel économique dans les années 2024 ; beaucoup de pays ont subi des catastrophes dites « naturelles » entre 2024 et 2027. La seule qui semble intéressée par le dérèglement climatique, c'est la Russie ; cela lui permet d'accéder à des espaces jusqu'alors recouverts de glace et de forer des puits de pétrole, de gaz ou des mines de minerais jusque-là inaccessibles.

– je sais, dit Elsa, par Louisette, que la Chine a fait appel à des chercheurs dès 2024 pour travailler sur l'amélioration des sols en fonction des plantes mises en place, pour limiter les effets du dérèglement climatique. Ils voulaient agir sur la biodiversité en lien avec les nouvelles technologies. Les chercheurs ont refusé le contrat.

– sauf, dit Midori, qu'ils peuvent tester la géo-ingénierie comme arme.

– en effet, dit Fred, ils semblent en avance dans tous ces sujets.

– s'ils peuvent gagner la bataille en mettant la biodiversité en avant, ajoute Midori, tout en mettant les autres en difficulté voire, de les affamer, pourquoi s'en priveraient-ils ? Ils ont compris que les virus et les zoonoses sont plus dangereux et qu'il vaut mieux travailler avec la nature que contre elle.

– ils n'ont pas de peine, dit Elsa , pour être en avance sur nous, avec nos pauvres gouvernants qui ont mis du temps à comprendre l'intérêt de mettre des futaies irrégulières et de restaurer les zones humides terrestres pour retrouver un équilibre de nos écosystèmes utiles à la vie humaine. Certains ont mis en place des jardins locaux en Afrique ou au Congo et ils ont restauré leurs sols et amélioré leurs récoltes.

– difficile, dit Fred, pour eux de leur faire intégrer les notions scientifiques ; ils ne veulent pas sortir de l'agriculture industrielle et des monocultures de forêts, qui sont toutes de la même hauteur et favorisent les vents ascendants qui assèchent les sols. Les scolytes se régalent !

– c'est cela, dit Elsa, ils sont loin d'avoir la volonté de reconquérir la qualité des sols. Pour eux les zones humides sont des espaces sans intérêts financiers. C'est pourquoi ils ont détruit plus de 80% de zones humides terrestres et qu'ils ne prennent pas en compte les conséquences réelles, entre autres sur les écosystèmes du Grand Cycle de l'eau.

– comme toujours, dit Fred, ils recherchent des solutions aux problèmes qu'ils ont engendrés, et en conséquence ils ne peuvent pas les résoudre, disait Einstein.

– en somme, dit Otneil, si nous ne parlons pas le même langage, nous ne risquons pas de faire un rapport compréhensible pour cette mission ! Peut-être qu'on pourrait leur distribuer des tam-tams ? Et ensuite, je vous inviterai à venir faire une fête chez moi !

– alors, qu'en pensez-vous, demande Charlie ?

– oui, oui, dit Elsa, nous y arriverons …. Vous allez voir ! Suivons, la devise bourbonnaise : Garda rem Allen, gardons-nous tous.

– d'accord, dit Fred, gardons-nous tous, et faisons la fête chez Otneil, mais peut-être d'abord commencer par regrouper tous les dossiers. »

Ils décident de rassembler un maximum de dossiers. Cela remplit une armoire complète chez Fred et Midori, qui se sont mariés entre-temps et ont aussi un petit enfant. Ils pensent aussi que Midori restera en Camargue pendant leur déplacement et qu'elle leur transmettra les informations si nécessaire.

« Oh, dit Elsa, avec tous nos objets bourrés d'électronique, commençons par créer un code. Nous allons avoir affaire à des spécialistes d'absorption des données et si nous voulons recueillir des données fiables, nous devons avoir un langage incompréhensible pour eux. »

Le téléphone sonne à cet instant

« Allo, Fred ? Ici, Yvan, de Houston. Je suis O.K. pour partir en mission avec vous.

– comment, dit Fred, de quelle mission parles-tu ?

– eh bien de la mission sur l'ensemencement des nuages.

– ils t'ont aussi proposé d'intervenir dans notre mission ?

– oui, dit Yvan, j'ai accès à tous vos commentaires avec la bague connectée de Fred. Elle ne collecte pas que ses données de santé, elle sert aussi de relais de communication.. Elsa a raison, ajoute Yvan, le monde actuel est bourré d'électronique, et je viens de vous le prouver

– ok, pour la leçon, dit Charlie, et maintenant comment fait-on pour ne plus être connectés ?

– comme dans tous les ministères, explique Yvan, lorsqu'ils abordent des éléments sensibles, ils sont dans une pièce spéciale et déposent avant d'entrer tous les téléphones et ordinateurs portables.

– d'accord, et aussi leur bague qu'ils ont achetée à Oura Ring, ajoute Elsa, en riant ! »

Aussitôt Fred enlève sa bague ...

« C'est simple, reprend Yvan, il y a aussi tous les climatiseurs et les pare feux électroniques qui fonctionnent comme des relais de transmission d'information.

– en somme, dit Elsa, après ton discours, Fred nous dirait de ne pas être dans la théorie du complot, ou de ne pas être paranos. Il est magnifique le nouveau monde !

– eh, oui, ajoute Yvan. Il faudra également penser à débrancher vos puces électroniques qui vous servent à communiquer. Cependant après avoir mis en place votre nouveau langage que propose Elsa, alors pas de soucis, vous pourrez reprendre tous vos gadgets.

– bien, dit Charlie, où va-t-on pour apprendre notre nouveau langage ?

– je pense, dit Midori, que la Haute-Loire où je suis allée me former pour être maître fauconnier est un bel endroit bien isolé des systèmes électroniques.

– d'accord, approuve Charlie, nous allons en Haute-Loire, dans le pays des sapins et des prairies humides, tu peux nous retenir les places dès que possible !"

Le lendemain toute l'équipe, y compris Midori, est sur le départ. Ils partent en définitive pour la Lozère, à la Margeride, chez Philippe.

L'arrivée se passe sans encombre avec le nouveau taxi volant d'Airbus.

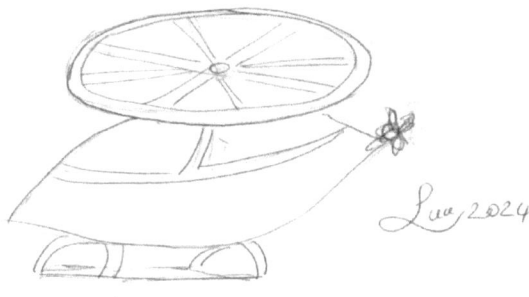

Ils ont tous laissé leurs appareils électroniques chez eux.

Chacun s'installe dans sa chambre, puis se retrouve dans la grande salle pour commencer la leçon donnée par Elsa.

« Allons, dit Charlie, dans la grande cour sous les arbres ; nous serons à même de travailler tout en nous croyant en vacances. »

Une fois installés, Elsa commence :

« Il nous faut un code simple et surtout des mots qui représentent les pays dont nous voulons parler sans les nommer ; ainsi la Russie, nous l'appellerons la Reine de la nuit. Cela me rappelle une représentation au Centre National du Costume de scène à Moulins, dans l'Allier. C'était une cape d'escalier créée par David Belugou pour les nuits de folies en 2002.

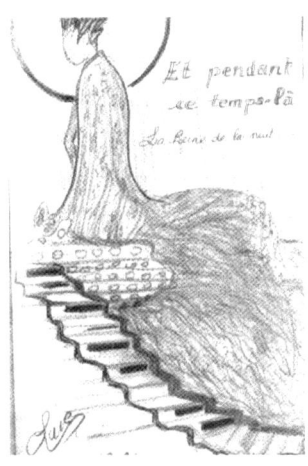

– je veux bien, dit Midori, que pour le Japon, nous fredonnions la musique du *Ding Dong écoutez monter le chant très doux, des crapauds et des hiboux, dans l'étang mystérieux où la lune baigne ses cheveux dorment les lotus bleus.*

– oh, oui, je l'ai apprise quand j'étais à l'école maternelle, se réjouit Elsa. Seulement, c'est trop long. Nous pourrions garder « Ding Dong » et la mélodie, comme signal.

– on pourrait, dit Charlie, appeler la Chine « la Marguerite » c'est un poème de Théophile Gauthier sur les poètes mandarins.

– dans ce cas, dit Fred, il me semble que la face sombre de la lune conviendrait mieux à la Chine qui a choisi la partie non éclairée de la lune pour ses recherches.

– prenons les deux, dit Charlie, cela nous aidera à limiter les risques de compréhension de nos échanges.

– pour parler de l'Afrique, dit Otneil, je propose « les danseurs » et « la musique » et aussi les petits pois pour les Ecossais !

– nous pourrions, dit Charlie, dire les tornades ou les films pour les Etats-Unis et les nuages ou la pelouse pour les britanniques.

– reste, dit Elsa, les pays nordiques, qui peuvent être de glace ou gelés !

– les pays Arabes, le sable doré ou les longues robes, enchaîne Midori.

– et, dit Otneil, pour les pays d'Outre-Mer, le voyage et aussi, Homère ?

– c'est ok, dit Elsa. Pour la France nous pourrions dire Alien, regardez le dessin que j'ai fait au Centre National du Costume de Scène à Moulins ; C'est d'après l'œuvre d'Armand Songe, c'est très spatial !

– plutôt Garda rem Alien dans ce cas, dit Charlie en riant. Là aussi, nous prendrons les deux appellations. La formation a bien commencé. Nous avons une semaine pour être opérationnels.

– nous allons, dit Otneil, pouvoir faire une fête chez moi, à la Margeride ! Je vous rappelle que nous sommes la veille du premier de l'An !

– allons-y ! un pour tous et tous pour un, dirent-ils tous ensemble.»

Cette vieille devise des quatre mousquetaires d'Alexandre Dumas était leur signe de ralliement.

CHAPITRE VI

- 2037 – LA FACE SOMBRE DE LA LUNE -

« Nous allons commencer par la Chine, intervient Midori, avec la mise en place des routes de la soie afin de développer son économie et son rayonnement sociétal, sa rencontre avec les mondes extérieurs l'a fortement enrichie et les connaissances qu'elle a acquises lui ont permis d'observer les comportements des uns et des autres et de réfléchir à de nouvelles stratégies pour préserver et développer son commerce.

– si j'ai compris, dit Otneil, dans notre mission actuelle, nous devons aborder dans ce cas, comment les nuages ont traduit ces tensions ?

– les guerres de haute intensité, dit Elsa, ont provoqué des poussières, forme d'aérosols soufrés qui ont ensemencé les nuages et qui ont peut-être modifié le climat. Je pense que nous pourrions rencontrer Sandra qui est hydro climatologue et lui demander son avis sur les conséquences de ces conflits, sur le climat.

– en même temps, dit Fred, les Arabes Unis ont ensemencé les nuages avec du sodium, et les ouragans ont apporté plus de sable dans les nuages et ont sans doute provoqué des pluies torrentielles ou des grêlons.

– c'est d'accord, dit Charlie, commençons par rencontrer Sandra, où habite-t-elle ?

– elle est sur Bordeaux, réplique Elsa. Dans sa région ils ont été très touchés par le dérèglement climatique, il y a eu des périodes de sécheresses et d'inondations ainsi que la montée des eaux sur la côte. C'est assez désertique à présent et sans doute les questions qu'ils se posent peuvent rejoindre les nôtres.

– d'accord, dit Charlie, allons pour Bordeaux ; bonne idée passons par la Gascogne et la Nouvelle Aquitaine ! On y va avec ta voiture avion à hydrogène TFX qu'Airbus a amélioré dès 2023 ! Nous l'avons testée (*Retour sur le futur Elsa 2035).* C'est très confortable et pratique pour voyager.»

« Oui, dit tristement Elsa, seulement maintenant il n'y aura pas Norbert … des voisins l'ont adopté et il ne veut plus partir de chez eux …

- il ne veut plus d'aventure, demande Midori compatissante ?

– il dort toute la journée ; j'ai des nouvelles par d'autres voisins.

– quel dommage, dit Charlie.

– on emmènera Baltazar , dit Elsa. Il est plus petit et il se cache partout. C'est toujours difficile de le trouver et de le déloger de ses cachettes. Mais on peut l'emmener où l'on veut.

– cela ne va pas nous aider, dit Fred.

– ça dépend, dit Elsa. Il pourra explorer des endroits que l'on ne peut pas atteindre ou aller chercher des documents dans des lieux inaccessibles par exemple.

– mais il n'est pas éduqué pour nous aider dans les missions, dit Midori. – non, seulement, maintenant, pour l'éduquer, on utilisera un système informatique, c'est ce qu'on fait mes voisins pour garder Norbert chez eux.

– ok, dit Fred. Qui va piloter le système ?

– nous pouvons tous le piloter, dit Elsa, en fonction des situations.

– qui est-ce qui a mis ce système en place, demande Fred, suspicieux.

– c'est Janös bien sûr, dit Elsa, avec de l'IA. L'intelligence artificielle détectera l'espace dans lequel il sera et suivra nos instructions pour qu'il se dirige au bon endroit et nous ramène les bonnes informations.

– parfait, dit Charlie. Appelle Sandra et demande lui quel jour elle sera disponible.

– allo, Sandra, demande Elsa ?

– oui, bonjour Elsa ! Quel plaisir de savoir que tu t'intéresses aux nuages formés par les guerres.

– comment, tu as compris pourquoi je t'appelle ?

– ho, tu sais à présent, les informations sont directement retransmises par mon téléphone et comme tu as prononcé mon nom, mon téléphone a vibré et j'ai eu ensuite accès à toute votre conversation.

 – eh bien, c'est incroyable !

– bon, à part cela, dit Sandra, je trouve que c'est une très bonne idée que nous nous rencontrions très vite. Avant que la Reine de la nuit ne se mette en route avec ses bombes nucléaires.

– ah ! tu connais la Reine de la nuit !

– oui, lorsque nous nous sommes rencontrées dans le train, je venais de visiter le Centre National du Costume de Scène de Moulins. Oui, venez. Je vous expliquerai l'état de mes recherches actuelles. Vous pouvez arriver dès ce soir, j'ai de quoi vous loger chez moi. »

Les amis d'Elsa ont entendu les échanges … ils se posent tous la question de ce qu'ils doivent faire. Leur projet de code n'a pas fonctionné apparemment, ils ont été « infiltrés » et de plus ils sont invités par Sandra qui semble mieux maîtriser les systèmes informatiques qu'eux-mêmes.

Que doivent-ils faire ? Accepter ou renoncer ?

« Je propose dit Fred, que nous y allions, sauf Midori qui va rentrer en Camargue pour garder notre fils et son faucon. Nous aurons sans doute des informations essentielles. Sandra semble sincère, elle ne nous a pas caché qu'elle savait beaucoup de choses sur notre enquête.

– donc, dit Charlie, si vous êtes prêts nous partons dès ce soir.

 – allez, dit Elsa en riant, cette fois c'est pour Garda rem Alien, et pas Garda rem Allen ! Bien, je passe prendre Baltazar. »

Aussitôt dit, aussitôt fait, ils partent pour Bordeaux, mais auparavant, ils déposent Midori dans sa maison en Camargue.

Un rapide coucou à Hector le fils de Fred et de Midori.

Baltazar se tapit dans sa niche. Ils repartent pour Bordeaux atterrissent dans le parc arboré de Sandra qui les accueille à bras ouverts.

Vous pouvez déposer vos affaires dans vos chambres individuelles, dit-elle ; je vous ai préparé un repas frugal.. »

Cinq minutes après ils se retrouvent tous autour d'une soupe chinoise.

Otneil s'approche d'Elsa et murmure :

« Tu ne nous avais pas dit qu'elle était une face sombre de la lune !

– hé oui, dit Sandra je suis d'origine chinoise ! Je me suis mariée avec un marin français. Il est souvent parti à l'étranger. C'est comme cela que nous nous sommes rencontrés en Chine. Depuis, je travaille en France. D'ailleurs je vais vous faire visiter mon laboratoire.

– ah, dit Fred, il a été envisagé que les chinois par les mariages arrangés, envoyaient peut-être des espions. Et comme tu connais nos codes secrets cela peut nous inquiéter.

– je comprends très bien vos interrogations. Cependant il s'agit d'agir vite pour obtenir un monde en Paix. Je connais très bien Jane, la femme de Charlie. Nous échangeons souvent sur l'éducation à la Paix et nous y arriverons. Il le faut..»

Un grand silence plane dans la salle du laboratoire.

« Voyez, je vous reçois avec ce bouquet de marguerites ; en effet Théophile Gauthier a écrit : « *les poètes chinois, épris des anciens rites, Ainsi que Li-Taï-Pé, quand il faisait des vers, placent sur leur pupitre un pot de marguerites, dans leurs disques montrant l'or de leurs cœurs ouverts »* ...

Sandra termine par « et mon cœur vous est tout ouvert … »

Que décider ?

Sandra en savait plus qu'eux tous réunis. Elle connaissait même leur vie, leur famille … Un condensé de la surveillance chinoise ?

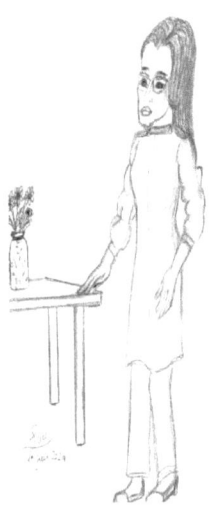

« Je suis contente de votre venue ; j'ai étudié en République Populaire de Chine à l'Université du Sud-Ouest au Collège des ressources et de l'enseignement du centre d'écophysiologie moléculaire ; nous avons étudié les effets différentiels de l'agroforesterie sur les propriétés des sols dans les différents zono-biomes. C'est pour cela que j'ai un grand parc arboré qui maintient un certain écosystème Nos études ont permis d'améliorer en partenariat avec l'ONU, une alimentation suffisante, sûre et nutritive pour l'humanité et d'améliorer la santé. C'est le concept de One Health, une seule santé. Cependant, en s'occupant uniquement des sols, un des facteurs régulant les effets du climat, n'a pas été pris en compte : ce sont les effets des nuages sur les plantes.

– enfin, dit Charlie, je comprends pour quelle raison vous connaissez ma femme Jane.

– oui, j'ai même rencontré vos deux fils, ils sont adorables.

– revenons, dit Charlie, à notre sujet ; que savez-vous des nuages et des conséquences sur le dérèglement climatique ?

– nous avons observé les différentes techniques utilisées d'ensemencement des nuages. Il nous manquait l'observation de la vitesse des vents et les modes de déplacement des nuages.

– c'est alors, dit Elsa, que la Chine à partir de sa navette spatiale a pu voir ces phénomènes et commencer à les analyser et à agir dessus ?

– c'est cela, dit Sandra, soit pour les réduire, soit pour les amplifier, afin d'apprendre à maîtriser cette nouvelle technologie. Nous savions faire la pluie et le beau temps lors des J.O. de Pékin, mais nous ne maîtrisions pas le sens du déplacement et la vitesse des nuages. Donc nous pouvions agir qu'en local mais pas en global. L'observation des déplacements nous a permis de comprendre que les aérosols provoqués par les guerres se déplaçaient soit dans un sens, soit dans un autre. Restait encore à définir comment agir sur la vitesse de leur déplacement. C'était le but de nos recherches. Observer les guerres et leurs conséquences sur le climat et sur l'alimentation.

– et, dit Fred, quelles ont été vos conclusions ?

– nous sommes intervenus lors des J.O. en France en 2024, pour qu'il y ait un climat favorable ; encore une fois cela nous était possible sur une intervention locale. Pour le global, c'est beaucoup plus complexe. Il y a le jet-stream qui joue un rôle important, il y a les champs magnétiques et il y a les éruptions solaires qui influencent le déplacement des nuages.

– il me semble, dit Fred, que cette vitesse dépend de leur position dans le ciel et des conditions météorologiques ?

éruptions
solaires
Luc
juin 2024

– oui, c'est pourquoi nous avons suivi les travaux de Sylvain Coquillat du laboratoire d'aérologie de Toulouse, en dessous de 2 000 m d'altitude, les stratocumulus, par exemple, ne dépassent pas les 50km/h. – d'autant plus, dit Elsa, qu'ils sont ralentis par les reliefs du sol, entre autres, par les futaies irrégulières chères à Louisette !

– oui, dit Sandra, à fortiori lorsque les nuages sont au-dessus de 2 000 m, ils peuvent filer à 300 km/h et ils apportent des orages plus violents. Seulement nos recherches, en raison de partenariats passés avec la Russie, ont été

131

partagées. Or, nous avons commencé à redouter que la Russie utilise cette arme et se retourne contre nous et contre notre commerce international. Les routes de la soie nous avaient appris à être prudents sur l'utilisation que la Russie faisait de ces ouvertures au monde.

– et alors, demande Elsa, qu'avez-vous fait ?

– dans un premier temps, reprend Sandra, nous avons continué nos observations à partir de la navette touristique lancée depuis les Etats-Unis. Cela nous permettait d'avoir un autre point de vue du déplacement des nuages. Nous avons travaillé avec le Voyager Space Station, VSS, de la société américaine Orbital Assembly Corporation, c'est un hôtel touristique. Nous nous sommes relayés dans ce vaisseau, comme si nous étions des touristes. C'était plus discret pour mener nos observations sur la vitesse des nuages. C'est ainsi que nous avons observé comment modifier la vitesse des nuages selon leur hauteur. Le VSS fait le tour de la Terre en 90 mn. Ce vaisseau a été lancé en 2027.

VSS
Lucy
2/06/2024

– le sujet est délicat, explique Fred ; il nous faut expliquer comment les routes de la soie ont été exploitées par la Russie pour déstabiliser le monde ?

– oui, dit Sandra, comment les nouvelles agressions se sont toujours trouvées sur les nouveaux trajets des routes de la soie au fur et à mesure de leurs avancées.

– En fait, dit Elsa, chaque fois que la Chine avance dans les trajets des routes de la soie, la Russie provoque de nouvelles zones de conflits et inversement chaque fois que la Russie déstabilise un pays, la Chine ouvre une nouvelle route de la soie. La Russie a utilisé les routes de la soie pour mettre en place ses pions tel que dans un jeu de Go, pour phagocyter les autres pays.

– la Chine, reprend Sandra, au tout début, n'y a vu que du feu. Même parfois la guerre entre la Russie et l'Ukraine l'a arrangée pour continuer son expansion discrète. Mais lorsque la Russie a fait participer la Corée du Nord et l'Iran, ainsi que Cuba dans la partie Indopacifique, cela a dérangé la Chine dans sa volonté de développer son économie ; cependant rien ne leur permettait de penser que la Russie avait suivi cette stratégie dans l'espace et d'utiliser les routes de la soie pour semer la panique dans l'ensemble du monde et dominer ensuite la Chine.

– d'ailleurs, dit Charlie, la Russie a fini par imiter la Chine pour développer son emprise ; elle a proposé d'aider l'économie des pays en grande difficulté pour mieux les asservir.

– par ailleurs, continue Elsa, les peuples en souffrance en raison des changements climatiques, ou en raison des années d'oppression ne demandaient qu'à se révolter ; la Russie leur offrait cette possibilité de se battre, avec cette vieille croyance que c'était la seule issue pour eux d'espérer vivre un monde meilleur.

– c'est exact, dit Charlie. Aucun progrès culturel ne leur a permis de penser que la Paix pouvait apporter le meilleur, c'est pour cela que ma femme Jane a voulu créer un centre d'éducation à la Paix.

– la rage était dans leur cœur, dit Sandra, et seuls les sentiments de haine régnaient en maître ; il leur fallait trouver un coupable. Pour déverser leur haine et les empêcher d'acquérir leur autonomie quoi de mieux que de les envoyer comme « chair à canon » sur les terrains des combats ?

– hélas, dit Charlie, la Russie savait manipuler ces sentiments avec excellence. Pas question de leur permettre d'agir et de penser par eux-mêmes.

– sauf, ajoute Elsa, que certains d'entre eux , tel que le Bénin, avaient intégré les notions de liberté, d'égalité et fraternité. Leurs sentiments étaient contradictoires.

– bon d'accord, confirme Fred … mais les nuages dans tout cela ?

– eh bien, dit Sandra, les guerres ont provoqué beaucoup d'aérosols et donc beaucoup de modifications du climat ; les Etats-Unis avaient déjà tenté d'utiliser les aérosols pendant la guerre du Vietnam et depuis ils ont continué leurs recherches pour les nouvelles guerres. La Chine était en concurrence directe sur ces recherches de modification du climat.

- avec également, dit Elsa, une conjoncture infernale qui a été augmentée par les changements d'attribution des sols : les créations de méga-bassines, les installations d'industries du bois, les sécheresses à répétition et les crues ont facilité les séismes et un début de déplacement des plaques tectoniques avec éruptions volcaniques.

– de plus, dit Fred, le champ magnétique qui bascule environ tous les dix ou treize ans, avait atteint son apogée dans les années 2025 en correspondance directe avec les cycles des éruptions solaires qui elles se déclenchent environ tous les 25 ans …

– et des risques de séismes, ajoute Sandra, c'est pourquoi nous avons suivi la recherche de Piero Poli, sur les bruits sismiques, à l'université de Grenoble. Elles nous permettaient de connaître les discontinuités qui marquent le début et la fin de la zone de transition entre le manteau supérieur et le manteau inférieur et de repérer d'éventuelles éruptions volcaniques.

– d'ailleurs, c'est ce qui s'est passé avec les volcans d'Islande lorsqu'ils ont grondé en 2024. Il y a eu beaucoup d'éruptions, dit Midori, qui ont favorisé des voiles de nuages et en fonction des vents ont pu amener des particules rafraîchissantes.

– mais dangereuses, affirme Fred.

– comme les liaisons, dit Otneil, fier de lui. Enfin les liaisons, je veux dire, entre la Russie, l'Afrique et l'Iran.

– par contre, ajoute Fred, la Russie, qui traîne la patte, a tenté de déstabiliser les pays européens afin de détruire le fonctionnement économique des pays occidentaux. Bien sûr, cette agressivité a fait mettre la Russie sous les projecteurs ainsi que tous les pays où elle avait exercé son influence.

– oui, dit Charlie, c'est ainsi que l'Afrique s'est désolidarisée de la France, puis aussi de la Russie lorsqu'ils se sont aperçus qu'elle les utilisait comme « soldats ». Ensuite, l'Iran moins endoctriné par les propos des agents russes en raison de leur religion qui les séparait, a repris une position intermédiaire. Enfin la Corée du Nord avait bien l'intention d'étendre son influence et d'utiliser la Russie à cet effet.

– que proposes-tu, demande Elsa, à Sandra ?

CHAPITRE VII

- BALTAZAR ET LE VASE AUX MARGUERITES – 2038

Au même moment les lumières s'éteignent ; Baltazar, toujours peureux, se réfugie dans un endroit qu'il a repéré ; plus moyen de le rappeler, ni de savoir où il se trouve, toutes les connexions sont coupées.

Immédiatement, Otneil sort de sa poche son laser qui permet d'avoir un réseau direct pour communiquer dans des espaces très larges et peut permettre de recharger très rapidement des batteries si nécessaire.

Un bruit de vase cassé, porte le regard de chacun vers le vase en porcelaine de chine ; Baltazar passe et bouscule les débris pour saisir un objet qu'il apporte à Elsa. C'est une plaquette de métal argenté.

Tous se regardent surpris.

Sandra, bien que debout, semble immobile. Que s'est-il passé ? C'est alors, qu'Elsa comprend :

« Sandra est un robot humanoïde ! En fait, Baltazar vient de me donner son moteur de recherche, celui qui lui permet de fonctionner.

– nous sommes tombés dans un piège, dirent ensemble ses compagnons ?!

– eh, oui ! dit Tang, c'est moi qui dirige Sandra depuis mon bureau à Houston !

TANG

Lucy Juin 2024

– c'est la deuxième fois où vous vous faites avoir, reprend Yvan, en écho de Tang.

– allô, ici Janös, bon, je peux vous aider ?

– oui, nous avons eu une coupure de courant pour quelle raison ?

– il y a eu, dit Janös, des éruptions solaires. Il n'y a plus de communication dans plusieurs endroits de la Terre. Heureusement Otneil a très bien réagi en allumant son laser.

– il conviendrait malgré tout, dit Charlie, de nous expliquer qui a mis en place ce robot humanoïde sans nous en informer !

– nous avons souhaité tester ce projet, dit Tang, comme signal, pour mieux appréhender les futurs risques et aussi vous mettre à l'épreuve. Votre sujet de thèse portait sur les nuages ; nous avions mission de surveiller les projets d'ensemencement des nuages et des risques de conflits. Si nous vous avions informé que Sandra n'était pas un être humain, vous n'auriez pas eu le même comportement et vos questions et actions n'auraient pas été spontanées.

– bien et maintenant, comment continuer notre mission, demande Elsa. Vous venez de tout démonter !

– non, pas tout, dit Janös. Il s'agit d'intégrer dans votre recherche sur le fonctionnement des nuages le rôle des satellites sénégalais qui observent les rivières et les lacs à partir de LION SEN SAT. Il existe aussi le satellite RIOS aux Etats-Unis qui surveille également les niveaux d'eau et par ailleurs nous avons un problème avec les satellites russes qui comportent des moteurs nucléaires dangereux lorsqu'ils sont désorbités.

– or, dit Tang, nous avons observé depuis la station chinoise que lorsqu'il y a des éruptions solaires, les russes ne contrôlent plus les satellites et ils ne parviennent pas à les rediriger correctement.

– oh ! dit Elsa, cela va devenir trop compliqué à intégrer.

– la Chine cette fois, dit Tang, ne peut plus laisser la Russie provoquer des catastrophes humanitaires et elle souhaite un monde de Paix pour commercer avec l'ensemble des pays.

– est-ce que la Chine, demande Elsa, commence à maîtriser le climat ? – oui, c'est cela, répond Tang, et elle a commencé dès 2028 à avoir un avis mitigé sur la Russie. Elle s'est décidée à la surveiller pour faire cesser certaines ingérences qui pouvaient atteindre ses fonctions vitales dans son développement économique.

– par ailleurs, dit Charlie rassuré, les pays africains après s'être frictionnés entre eux, ont compris qu'ils seraient perdants de suivre la Russie ; qu'ils avaient plus d'intérêt à suivre la Chine. Cela leur convenait, à partir du moment où ils ne se retrouvaient pas sous la houlette des occidentaux.

– l'Iran aussi, dit Tang, ne pouvait pas supporter que la Russie intervienne dans leur pays ; ils n'avaient pas la même religion et cela représentait une menace pour leur fonctionnement interne.

– en réalité, dit Nell, si je peux me permettre d'intervenir, il faut vous rappeler que dans les années 2028, il y a eu un événement majeur : trois satellites russes contenant des moteurs nucléaires, parmi les trente qui restaient en orbite ont été volontairement désorbités par la Russie.

– oui, je me souviens, dit Elsa étonnée de la présence de Nell, ils ont créé une nouvelle panique auprès des divers états, tout comme celui qui était tombé quelques années plus tôt au Canada, ces trois satellites étaient des menaces pour les pays et ils risquaient de polluer les sols pendant des milliers d'années.

– la Chine avait testé en 2024 les changements d'orbite sur ses propres satellites, ce qui avait d'ailleurs provoqué un remous national. Nous avons utilisé cette technologie et nous avons été chargés avec Tang, dit Nell, de les rediriger pour qu'ils ne tombent pas dans n'importe quel lieu.

– nous avons, dit Yvan, pour cela utilisé nos connaissances sur le déplacement des astéroïdes et l'expérience de l'équipe de Nell, pour les détourner à partir du satellite DART.

– ah, dit Elsa, parce qu'en plus des satellites, il va y avoir aussi les astéroïdes qui nous tombent sur la tête !

– où es-tu Astérix, demande Otneil ? Les dieux sont devenus fous !

– justement, dit Yvan, les connaissances sur les astéroïdes nous ont appris comment les rediriger et éviter que ces monstres tombent n'importe où.

– seulement, dit Nell, cela a aussi des conséquences sur les modifications du climat. Les astéroïdes apportent parfois de l'eau sur la Terre ou parfois en raison des particules qu'elles projettent dans le ciel en tombant, des aérosols qui vont provoquer des pluies ou des refroidissements sur la Terre.

– en somme, dit Charlie, en manipulant de tels mastodontes, vous ne saviez même pas quelles en seraient les conséquences sur le long terme ! Faudrait un peu vous calmer les gars !

– peut-être, dit Fred, que nous ne maîtrisons pas grand-chose du vivant et que nous pourrions peut-être d'abord réfléchir par des expériences de pensée, pour mieux gérer les conséquences, sans trop bousculer les éléments ?

– tu as sans doute raison, dit Nell à Fred, à partir de ton point de vue personnel. Nous ici à Houston, nous voulons avancer dans la recherche spatiale ;

cela en tout cas nous a permis de négocier la Paix
lorsque les trois satellites se sont désorbités.

NELL
Lucy

– la Chine, dit Tang, a pris conscience des dangers
que présentaient les programmes de la Russie et a
mis son véto aux interventions de la Russie dans
le spatial. Ceci a permis de mettre en place de

nouvelles lois pour gérer cet espace et prendre en compte les fonctions vitales des pays comme étant des intérêts majeurs internationaux.

– de plus, dit Elsa, avec tous les objets qui ont été propulsés dans l'espace, dans cette période les risques que cela nous retombe sur le nez dans trente ans, sont devenus très grands.

– et bien, dit Fred, moi, je préfère le faucon de Midori. Il est plus simple à manœuvrer et il repère très bien les modifications des champs magnétiques sans être branché sur informatique ; de plus avec ses ailes, lui au moins, il ne risque pas de nous tomber sur la tête ou d'être désorbité.

– je viens de t'entendre parler de moi, dit Midori, mon téléphone a sonné. Je participe à votre conversation.

– revenons aux satellites, dit Nell. Sur l'ensemble des satellites russes en orbite, contenant des éléments radioactifs, deux s'étaient désorbités dans les années 2000, dont celui qu'Elsa a cité ; il était tombé au Canada et avait obligé l'ONU à intervenir. Par la suite, la Russie devait corriger les directions des trente autres qui restaient en orbite. Seulement, ils n'avaient pas pris en compte le risque lié aux éruptions solaires et donc à l'impossibilité de rectifier ces directions lors des coupures électromagnétiques.

– est-ce que le risque, dit Elsa, pouvait être un hiver nucléaire ?

– et pourquoi, demande Charlie, la Chine a-t-elle modifié ses actions économiques agressives ? C'était bien son seul intérêt pourtant ?

– peut-être, dit Fred, parce que déjà la gestion par la Russie des déchets de sous-marins nucléaires ou des déchets radioactifs jetés dans les mers du Nord ou de la catastrophe nucléaire de Tchernobyl, ont semblé démontrer que la Russie n'a jamais pris en compte les risques liés aux radiations et qu'en conséquence cela prouvait qu'il y avait un risque majeur lors d'actes impulsifs, dangereux.

– or, dit Tang, la Chine a cohabité avec la Russie par nécessité, pas par affinités. Les deux nations étaient en concurrence au niveau de la démonstration de leur puissance. Elles se sont alliées uniquement pour dépasser les Etats-Unis et avoir la puissance financière suffisante pour diriger les grandes actions mondiales.

– seulement, dit Elsa, à un moment donné pour durer, les puissants doivent protéger ceux qui sont inférieurs et non les détruire, sinon, ils se retrouvent seuls, n'est-ce pas ?

– sans aucun doute, dit Fred, l'histoire nous le démontre tous les jours.

– la Chine, dit Elsa, est à présent considérée comme une grande puissance mondiale.

– oui, c'est pourquoi, dit Tang, elle a mis beaucoup de moyens financiers pour bloquer les conflits mondiaux.

– votre mission, dit Yvan, vient de se terminer. Nous avons tous les éléments nécessaires pour faire notre rapport.

– reste, dit Janös, que nous devons nettoyer tous les satellites qui sont dans l'espace et qui présentent des dangers immédiats.

– pour cela, dit Yvan, vous nous redonnerez le petit bloc en métal que Baltazar a remis à Elsa. Il y a toutes les informations sur l'utilisation qui a pu être faite par le Sénégal des données qu'ils ont aspirées sur les niveaux des rivières et des lacs et que la Russie comptait utiliser comme arme contre les pays en les privant d'eau ou en les noyant.

– nous avons mis en place, dit Tang, un accord avec le Japon et la Chine juste après les décisions

153

prises par le G7. De plus l'Inde est venue se joindre à cette coopération, ce qui a permis d'avancer et de faire reculer la Russie. Nous allons nettoyer les satellites qui ne sont plus utiles et qui gênent les missions spatiales.

– quel monde, dit Elsa !

– un monde de gouilles, dit Otneil.

– c'est incroyable, dit Midori, l'Inde, la Chine et le Japon ont coopéré pour faire plier la Russie et les amener à stopper leurs combats !

– maintenant, dit Tang, dormez tranquilles ! Ne rien voir, ne rien dire, ne rien écouter, porte bonheur !

– je propose, dit Otneil, que l'on aille voir les aurores boréales en Alaska.

- merveilleux, dit Elsa, nous n'avons pas étudié les aurores boréales et les inversions des champs magnétiques.

– d'accord, dit Fred, à l'année prochaine !

– à l'année prochaine, confirme Midori, nous sommes déjà fin décembre ! Pour fêter la nouvelle année, je vous présenterai Jojo, mon faucon !

– bon dit Otneil, si nous avons fini notre mission, je vous propose de venir faire une fête chez moi ! En route pour l'Alaska.

– une fête chez Otneil, ça ne se refuse pas, dirent-ils tous ensemble ! Tous pour un et un pour tous.

– ok, dit Elsa, mais avant on rentre au bercail ! Je dois aller voir Louisette la semaine prochaine. Au moins elle, ce n'est pas un robot. »

Louisette et Elsa ont rendez-vous au Pavillon d'Enghien pour dialoguer sur le passé à Vichy.

Elsa, curieuse demande à Louisette :

« Que pensaient les Sages en 2024, du projet Parc National ?

- Le projet Parc National les avait peu intéressés ; du moins se posaient-ils la question de vérifier que cela ne bloquerait pas leurs propres projets. Ainsi, ils suivaient d'un œil complaisant les programmations des conférences, celles qui étaient programmées dans « le plaire et instruire » comme je disais parfois. Dans ce sens cela entrait dans la vocation de l'éducation nationale et ne gênait personne.

- Aujourd'hui, propose Elsa, les nouvelles technologies sont apparues, plus performantes, plus adaptées à la réalité. Aller dans l'espace continue de rester un projet d'avenir. De plus les routes ont presque toutes disparu en raison des avions cargos, nouvelles générations ; ceux-ci ont atteint de véritables performances. Ils sont silencieux, n'ont plus besoin de carburant sauf pour les décollages parce qu'ils volent par la portance. D'autres fonctionnent à l'hydrogène vert ou blanc. D'autres à l'électricité. De nombreux drones téléguidés assurent les livraisons de colis, voire emmènent des personnes d'un point à un autre.

– Oui, cela ils ne l'avaient pas envisagé !

- Un nouveau monde s'est créé assurant une place plus grande aux terres cultivées. Le territoire où habitent mes parents a bénéficié de l'ensauvagement et a prouvé son utilité pour la préservation de l'eau dans les sols. Cela a diminué les effets du réchauffement climatique et démontré le maintien d'un climat tempéré grâce aux zones humides restaurées, voire en partie « ensauvagées ».

– à l'époque l'agglomération de Vichy en 2024 s'étant appuyée sur le développement sportif et thermal avait accentué le nombre de logements dans la périphérie et refait une mise à neuf des vieux bâtiments et des Parcs intérieurs.

Tout semblait beau et bien dans le meilleur des mondes jusqu'aux événements tragiques des années 2025 à 2027. Le monde a frôlé la catastrophe et on s'est congratulé d'y avoir plus ou moins échappé. Comme je l'avais écrit, dit Louisette, chacun balayait devant sa porte et voulait se tourner vers un monde nouveau, un monde d'avenir désirable.

Les crues centennales les ont amené à réfléchir ; ils ont dû repenser leur mode de vision des espaces et tenir compte de la réalité des sols, de leur structure, de leur pente, de leur exposition aux vents, de la force des vents … des futaies irrégulières et des nuages.

- maintenant, dit Elsa, ils peuvent s'appuyer sur des satellites pour surveiller les rivières et comprendre comment aménager les espaces afin de moins subir à nouveau les forces de la nature déchaînée.

– Oui, dit Louisette, plus de peur que de mal, certes. Mais un coût très élevé des réparations. Comme ils l'ont dit dans les années 2023 – 2024 :

« nous sommes à vos côtés. » slogan qui faisait appel à l'assurance du même nom.

– maintenant, est-ce que l'on peut agir, et cette fois dans le bon sens

– pas celui pris dans les années 2023 ?

– écouter enfin les chercheurs qui avaient prévenu des risques majeurs ? – oui, ce serait une bonne idée, si ils priorisent le vivant avant l'économie de guerre.

– pour une part, certains ont fini par accepter de prendre en compte les zones humides, les haies et les futaies, d'abord avec mépris vers 2024, puis suite aux catastrophes naturelles , ils se sont enfin engagés à reconstruire différemment. Le projet de Parc National leur avait permis d'avoir un pilotage des actions à réaliser.

Les Sages, qui ont maintenu le statut quo, s'en sortent bien ; ils n'ont été ni pour, ni contre. Ils étaient d'accord pour que le site de l'ancienne

Manurhin, cette grande friche soit dépolluée ; ils envisageaient de pouvoir y installer des équipements sportifs ou un parcours de santé … ce qui nous laissait en tant que défenseurs de la nature dans un questionnement sur l'impact réel que ce projet aurait sur les promeneurs et sur l'avenir du site. »

La réponse de Louisette amène Elsa à se remémorer les années 2024 ; elle sort de son grand sac, le livre de Louisette, le feuillette, cela lui rappelle ces moments passés et les démarches de Louisette auprès des élus.

«Tu te rappelles ce que tu as écrit ? »

Elsa sans attendre la réponse, commence à lire à haute voix :

« Seulement en détruisant les écosystèmes locaux qui le protègent, l'Homme met en danger sa propre vie.

Des animaux de compagnie toilettés et parfumés donnaient l'impression d'aimer les animaux et l'on refusait de penser, que pour manger, d'autres animaux allaient être tués.

La vie était bisounours… les nounours de l'enfance gâtée en ville avaient désolidarisé les urbains de la vie à la campagne. D'ailleurs, lorsqu'ils allaient en week-end dans la ruralité, c'était pour dormir et pas pour entendre le chant du coq ou le braiement de l'âne : « Sûr en rentrant chez eux, ils déposeraient une plainte pour avoir été dérangés par le bruit dans leur maison secondaire. Ils voyaient bien comment ces paysans vivaient comme de vrais sauvages avec leurs bêtes toutes bouseuses, qui sentaient le fumier ; ils braillaient après elles en revenant des prés … Eux savaient vivre en paix et en harmonie : ils avaient fait couper le marronnier, le cerisier, le poirier, le noyer, cela prenait trop de place et les racines allaient gêner pour installer leur beau gazon qu'ils allaient pouvoir tondre toute l'après-midi en plein soleil afin ensuite, de se détendre auprès de leur piscine et d'inviter les amis à un barbecue.

Ainsi, le monde tournait dans ce modèle prêt à craquer.

L'économie dictait sa loi dans les pays occidentaux et l'autoritarisme d'Etat dans les autres.

Fin Mars 2020, le Président de la République annonçait

« Nous sommes en guerre… contre un virus.

Et pendant ce temps … »

Elsa arrête sa lecture …

Elle venait de lire les mots préférés de Louisette :

« Et pendant ce temps … »

« Que voulais-tu dire par ce - *et pendant ce temps* ?

– je voulais signifier que la petite tortue bourbonnaise continuait d'avancer pour gagner le défi d'améliorer l'environnement et d'obtenir la protection du Grand Cycle de l'eau. Je faisais ainsi, avec cette petite phrase, allusion à la fable de La Fontaine « le lièvre et la tortue. »

Cistude
d'Europe
fwc)
Nov 2023

Elsa demande à Louisette si elle se rappelle la pétition qu'elle avait remise à ces parents lors du

Congrès pour l'Unesco ; que contenait cette pétition ?

Louisette explique alors à Elsa :

« Dans cette pétition la friche industrielle de la Manurhin était proposée pour en faire un musée européen d'éducation pour la Paix et aussi pour la mise en place d'un centre de recherche sur la dépollution des sols par les plantes ou les champignons et un centre de recherche sur la biodiversité.

- Comment ne pas penser aujourd'hui à cette proposition d'un centre pour éduquer à la Paix et pour dépolluer les sols, renchérit Elsa ; n'est-ce pas d'actualité après la guerre de la Russie avec l'Ukraine dont les zones humides furent retournées par les chars et aussi imprégnées de bombes !

– Oui, et encore plus près les guerres en Indopacifique et les pollutions des eaux, de l'air et des sols, il est temps d'agir pour reconquérir une vie sociale avec un environnement dépollué de tous ces produits toxiques. Un nouveau monde devra être créé.

- Les Hommes en tireraient-ils quelques leçons de savoir vivre en société ou continueraient-ils à se battre ? »

Elsa comprend pour quelle raison Louisette avait cité Montesquieu dans son introduction.

« Le peuple qui a la souveraine puissance doit faire par lui-même tout ce qu'il peut bien faire ; et ce qu'il ne peut pas bien faire, il faut qu'il le fasse faire par ses ministres. »

Il est temps pour elles de se quitter.

Tout en discutant elles se rapprochent du miroir d'eau.

Elsa se penche…

« Peut-on penser contre son cerveau, dit Elsa à Louisette ?

Elle regarde Louisette à travers le reflet de l'eau de la fontaine et dit :

« Il y a deux visions possible pour les chinois, celle du ciel et celle de la terre et pour cette raison leur empereur devait se rendre garant de l'équilibre entre le ciel et la terre.

— c'est cela, dit Louisette, tenter de penser le monde autrement que par nos observations, dit Louisette. Si nous regardons le ciel, il change tout le temps. Une amie m'a dit que c'était en raison de la treizième lune. Je pense que nous devons appliquer la pensée de Galilée qui disait que le réel est impossible à saisir, trop changeant, trop divers, trop instable, il est possible de saisir la nature par les mathématiques, en quelque sorte, par la géométrie et les équations pour comprendre la nature. Peut-on parler de vérité scientifique en ne connaissant que 5% de l'Univers ? »

Louisette et Elsa se quittent en se promettant de nouvelles aventures.

Elsa doit reprendre sa recherche terrienne, la tête dans les nuages.

Elsa, à cet instant se met à rêver et se souvient lorsque Louisette lui avait dit lors de la CoVid19 :

« C'est toi qui construis ton avenir, il convient que demain soit meilleur qu'aujourd'hui. L'important c'est de vivre et de protéger la vie de tous. »

I - Les amis d'Elsa

2035

LES AMIS - *Elsa 2035 - N° 1*

Ecrit en 2020, les risques de guerre sont envisagés dans ce roman, entre la Russie, l'Europe, la Chine et le Japon.
Cet essai philosophique interroge sur la condition humaine.

L'Homme est-il capable d'aller vers la Paix

II - Retour sur le Futur

Elsa 2035

RETOUR SUR LE FUTUR - *Elsa 2035 - N° 2*

Ecrit en 2020, ce livre, essai philosophique pose la question de la liberté d'action de chaque individu pour construire un monde meilleur et du rôle des gouvernements pour maintenir la démocratie.

Il évoque les risques climatiques encourus.

Est-il possible de mettre en œuvre la vertu ?

III - VICHY

Elsa 2035

Vichy Elsa 2035 aborde les projets territoriaux et les décisions prises par les élus en dépit des technologies et des enjeux environnementaux.

Cet essai, pose la question de la vue à court terme des projets conçus par les élus en fonction des mandats et la non prise en compte du vivant, qui lui exige une vision à long terme.

Est-il possible de continuer de faire des projections uniquement par des corrélations ou ne serait-il pas pertinent d'incorporer le questionnement de la recherche afin de mettre en place un avenir durable et désirable ?

L'anticipation est mise en questionnement.

Luce/04/2022